21 世纪高等职业教育计算机系列规划教材

U0095603

计算机文化基础实训指导
（第 2 版）

梁 丹　臧柏齐　主　编

李凌璐　周雪莲　廖广宁　副主编

电子工业出版社

Publishing House of Electronics Industry

北京·BEIJING

内 容 简 介

本书是《计算机文化基础（第 2 版）》一书的配套实训教材，结合当前的就业情况，精选案例，突出实用性和专业性。书中的实例模拟工作岗位中的实际情境，重点培养学生的应用和动手能力。本书分为 8 章，主要包括计算机基础知识、Windows XP 基本操作、Internet 基本操作、Word 文档的制作和电子表格的应用、演示文稿的制作和综合实例的应用等内容。

本书既可作为高等院校学生计算机基础课程的上机实训教材，又可作为高职高专及培训机构的参考资料。

图书在版编目（CIP）数据

计算机文化基础实训指导 / 梁丹，臧柏齐主编. —2 版. —北京：电子工业出版社，2011.8
（21 世纪高等职业教育计算机系列规划教材）
ISBN 978-7-121-14253-6

Ⅰ. ①计… Ⅱ. ①梁… ②臧… Ⅲ. ①电子计算机－高等职业教育－教学参考资料 Ⅳ. ①TP3

中国版本图书馆 CIP 数据核字（2011）第 153659 号

策划编辑：徐建军
责任编辑：徐建军
印　　刷：涿州市京南印刷厂
装　　订：涿州市桃园装订有限公司
出版发行：电子工业出版社
　　　　　北京市海淀区万寿路 173 信箱　邮编 100036
开　　本：787×1 092　1/16　印张：11　字数：281.6 千字
印　　次：2011 年 8 月第 1 次印刷
印　　数：3 000 册　　定价：20.00 元

前　　言

为了巩固学生的理论知识，强化学生的实际动手能力，我们参照高等教育计算机基础课程教学大纲和全国计算机等级考试大纲的要求，编写了与《计算机文化基础（第2版）》配套的实训指导。

计算机应用能力不仅是每一位大学生必备的技能，也是衡量当今人才素质的一个重要指标。我们的教学目标是培养学生具有较强的信息获取、信息分析、信息传递和信息加工的能力，"计算机文化基础"作为一门大学生必修的信息类公共基础课，对于培养适应信息时代的新型"应用型"人才尤为重要。

本书将任务式教学与自主式教学相结合，为了让学生能熟练地掌握基础理论和相关软件的应用方法，每一个实训均有多个实验任务及详解，给学生提供了一个循序渐进的练习过程，学生可以模仿和创新，逐步提高实践技能，增强综合应用能力。

本书针对初学者在学习过程中可能遇到的问题，按照每一章的知识点精选了具有代表性的上机实践题，上机实践是学生在实际操作过程中可能遇到的问题，书中给出了这些问题的解决方案及具体的操作步骤。本书内容包括计算机基础知识、Windows XP 基本操作、Internet 基本操作、Word 文档的制作、电子表格的应用、演示文稿的制作、综合实例的应用等。

本书是在总结多年教学实践的经验和广泛收集其他院校有关资料的基础上编写的，编写时尽量考虑同类教材的通用性。各校在采用本书时，也可根据各自的教学大纲和实际条件对实训内容做适当删减或补充。

本书由梁丹、臧柏齐担任主编，李凌璐、周雪莲、廖广宁担任副主编，还有陈龙也参加了本书的编写工作，同时感谢应泽贵、张正洪、王益亮等老师对本书提出了很多宝贵意见。

由于时间仓促与编者的学识、水平有限，疏漏和不当之处在所难免，敬请读者不吝指正。

编　者

目　录

第1章　计算机基础知识

实训 1.1　计算机的基本操作

计算机及其应用已渗透到人们生活中的各个领域。计算机的发明和应用延伸了人类的大脑，提高和扩展了人类脑力劳动的效能，发挥和激发了人类的创造力，标志着人类文明的发展进入了一个崭新的阶段。在 21 世纪，掌握以计算机为核心技术的基础知识和应用，是现代大学生必备的基本素质。

实训任务

- 学习计算机开机顺序，掌握计算机的冷启动和热启动，以及如何正确关闭计算机。
- 掌握鼠标和键盘的使用方法，养成操作计算机的好习惯。

实训目的

- 计算机的启动。
- 计算机的关闭。
- 鼠标的使用方法。
- 键盘的使用方法。
- 打字指法键盘键位分布。
- 打字的正确姿势。

实训内容和步骤

1．计算机的启动

同日常使用的各种电器一样，一台计算机只有接通电源以后才能工作。但由于计算机要比日常使用的各种其他家用电器复杂得多，因此，从计算机接通电源到其做好各种准备工作要经过各种测试及一系列的初始化，这个过程就称为启动。根据性质不同，启动过程又被分为冷启动和热启动。

计算机冷启动是指开机接通电源的启动方式，其一般操作步骤如下。

① 接好电源。

② 打开显示器开关。

③ 打开计算机主机开关。

这时计算机就开始启动，正常情况下在 1～2 分钟内就会进入操作系统，比如 Windows 桌面，至此计算机启动步骤完成。

所谓热启动，是指计算机在已加电情况下的启动。因为热启动过程省去了一些硬件测试及内存测试，故速度较快。在 Windows 中，可以在【开始】菜单中选择"关闭系统"→"重新启动计算机"命令完成。如果在计算机运行中遇到异常停机，或死锁于某一状态中，则需要按 Ctrl+Alt+Del 组合键或按复位键重新启动。

在某些情况下，需要用软盘启动，此时应先将合适的软盘插入软驱，并设置启动顺序为先从 A：盘启动，再启动计算机。

注意： 计算机开启和关闭时，瞬间电流变化和磁场变化都比较大。为了保护计算机，应避免频繁地开关计算机。

2．关闭计算机

在 Windows 的【开始】菜单中选择"关闭系统"命令，在图 1-1 所示的"关闭计算机"对话框中单击【关闭】按钮，计算机就会退出 Windows，并自动关闭主机电源。最后需要关闭显示器开关。

图 1-1　关闭计算机对话框

3．使用鼠标

一般鼠标都有左右两个按键，有的鼠标还有一个中间键或滑轮。一般称"一次快速按下鼠标左键"为"单击"；"连续两次快速按下鼠标左键"为"双击"；"不按下鼠标键，只移动鼠标器的位置"为"移动鼠标"；"按下鼠标左键不松开，让鼠标移动一段距离"为"拖动鼠标"；"按一下鼠标右键"为"右键单击"或"右击"。

4．使用键盘

以图 1-2 所示的 104 键盘为例，键盘分为四大区域。中间部分是"打字键盘区"，各键表面标有字母、数字、字符等，其排列顺序和功能与英文打字机类似；右边是"光标/数字键区"，包括 10 个标有数字和光标移动符号的键及 7 个其他键；这两个区域中间为"编辑控制键区"，一般用于光标移动和编辑控制；上面一排是"功能键区"，其各键在不同系统和软件中功能各异。

图 1-2　键盘的键位分布

键盘右上角是三个指示灯，如图 1-3 所示。其中"Num Lock"灯指示"光标/数字键区"的功能，"Caps Lock"灯指示输入字符的大小写，"Scroll Lock"灯指示光标的锁定。

图 1-3　键盘指示灯

● 打字键盘区（共 61 个键）

如图 1-4 所示是键盘的打字键盘区，它包括 3 类按键。

图 1-4　打字键盘区

（1）字母键（共 26 个键）。

在字母键的键面上刻有英文大写字母，这也是以后用得最多的键。在通常情况下输入的是与字母键上大写字母对应的小写字母。如果按一下【Caps Lock】键，右上方对应的大写字母的指示灯会亮起来，在这种状态下，输入的则是大写字母。如果在大写字母指示灯不亮的情况下，按住【Shift】键输入字母，同样也会在屏幕上输入大写字母。

（2）数字与符号键（共 21 个键）。

这 21 个键的键面上都有上下两种符号，也称双字符键，上面的符号称为上档符号，下面的符号称为下档符号，包括数字、运算符号、标点符号和其他符号。直接输入的是下档符号，按住【Shift】键后，再按下这个双字符键，输入的就是上挡符号。例如，按下双字符键【2】，输入的就是数字 2，而在按住【Shift】键后，再按下这个键，输入的就是"@"。

（3）特殊控制键（共 14 个键）。

这 14 个键中，【Shift】、【Ctrl】、【Alt】和 Windows 系统【开始】菜单键各有两个，对称分布在左右两边，功能完全一样，只是为了操作方便。另外还有【Tab】键、【Caps Lock】键、【Enter】键、【Back Space】键、Windows 系统右键菜单键、【Space】键各一个。下面详细介绍这些键的功能。

【Caps Lock】（大小写换档键）——键盘的初始状态为英文小写字母状态。按一下该键，其对应的状态指示灯亮，表示已转换为大写状态并锁定，此时在键盘上按任何字母键均为大写英文字母。再按一次该键，又变为小写状态。

【Back Space】（退格键）——按此键光标向左退回一个字符位，同时删掉该位置上原有的字符。

【Tab】（制表键）——按此键光标向右移动 8 个字符。按【Shift+Tab】组合键，光标左移 8 个字符。

【Shift】（上档键）——也叫换档键，此键面上有向上的空心箭头，用于输入双字符键中的上挡符号。输入方法为按下【Shift】键的同时按下需要输入的双字符健，屏幕上则显示该键的上挡符号。【Shift】键对英文字母键也起作用，在字母小写状态下，按下此键并同时按下所需要输入的英文字母键，屏幕上输入的是该英文字母的大写；反之在大写状态下，按此键同时按字母键则显示字母的小写。图 1-5 中是键盘的【Shift】键、【Back Space】键和【Tab 键】。

【Ctrl】（控制键）——该键与其他键组合使用，能够完成一些特定的控制功能。

【Alt】（转换键）——与【Ctrl】键一样不单独使用，在与其他键组合使用时产生一种转换状态，在不同的工作环境下，转换键转换的状态也不完全相同。

图 1-5 【Shift】键、【Back Space】键和【Tab】键

【Space】（空格键）——键盘下面最长的键，按一下该键，光标向右移动一个空格。键盘中最长的空白键就是空格键，如图 1-6 所示。

图 1-6 空格键

【Enter】（回车键）——从键盘上输入一条命令后，按【Enter】键，便开始执行这条命令。在编辑状态中，输入一行信息后，按此键光标将移到下一行。

Windows 系统功能右键菜单键——按此键，相当于在编辑时单击鼠标右键菜单。

Windows 系统功能【开始】菜单键——按此键，可以弹出【开始】菜单。

● 编辑控制键区（共 10 个键）

如图 1-7 所示，是编辑控制键区，它包括 10 个功能不同的键。

【Insert】（插入/改写键）——此键为"插入"状态和"改写"状态的转换键，意思就是说，如果此时处于"插入"状态，按下此键，便进入"改写"状态，每键入一个字符，就将光标当前的字符覆盖掉。相反，如果此时正处于"改写"状态，按下此键后，便进入了"插入"状态，可在光标位置插入所输入字符，原光标上的字符和右边所有字符连同光标一起右移一格。

图 1-7 编辑控制键区

【Delete】（删除键）——每按一次此键，便删除光标位置左边的一个字符。如果某些要删除的文件在选中状态下按此键，则将文件送到回收站。如果按住【Shift】键再按此键，则直接删除文件，不会送到回收站。

【Home】（起始键）——按此键，将光标移到行首。

【End】（终点键）——按此键，将光标移到行尾。

【PageUp】（向前翻页键）——按此键，使屏幕显示内容上翻一页。

【PageDown】（向后翻页键）——按此键，使屏幕显示内容下翻一页。

【↑】（光标上移键）——按此键，光标移到上一行。

【↓】（光标下移键）——按此键，光标移到下一行。

【←】（光标左移键）——按此键，光标向左移一个字符位。

【→】（光标右移键）——按此键，光标向右移一个字符位。

● 光标/数字键区（共 17 个键）

如图 1-8 所示，光标/数字键区是键盘上最右边的一栏小键盘，它主要是为了控制光标和输入数据的方便而设置的，其中大部分是双字符键。上挡键是数字，它们还具有编辑和控制光标的功能。

● 功能键区（共 16 个键）

如图 1-9 所示，功能键区包括键盘上方【F1】～【F12】和另外 3 个功能键。按这些键，屏幕上不显示相应的字符，只是完成一定的功能。其中，【F1】～【F12】键在不同的工作环境下，功能有所不同。

键盘上有时还有其他一些功能按钮，根据键盘品牌的不同而分布各异。如图 1-10 所示，就是一款新式键盘上的其他一些功能按钮。

图 1-8　光标/数字键区

图 1-9　功能键区

图 1-10　新式键盘的其他一些功能按钮

5. 打字指法分布

如图 1-11 所示，是打字练习的指法图，要想掌握指法，必须遵守操作规范，按训练步骤循序渐进。

图 1-11　指法图

键盘上的各键分别由 10 个手指分管。按键时，每个手指只能敲击它分管的那部分字符键，否则不但会忙得不可开交，还提高不了打字速度。

左手小指分管 5 个键：【1】、【Q】、【A】、【Z】、左【Shift】键。此外，还分管左边的一些控制键。

左手无名指分管 4 个键：【2】、【W】、【S】、【X】。

左手中指分管 4 个键：【3】、【E】、【D】、【C】。

左手食指分管 8 个键：【4】、【R】、【F】、【V】、【5】、【T】、【G】、【B】。

右手食指分管 8 个键：【6】、【Y】、【H】、【N】、【7】、【U】、【J】、【M】。

右手中指分管 4 个键：【8】、【I】、【K】、【，】。

右手无名指分管 4 个键：【9】、【O】、【L】、【．】。

右手小指分管：除【0】、【P】、【；】、【／】和右【Shift】键外，还分管右边的一些控制键。

大拇指按空格键（左右手皆可）。

6．打字的正确姿势

打字的姿势非常重要，要是姿势不对，打一会字就会觉得腰酸背痛，手指无力。所以应该从开始就养成良好的打字姿势。

在打字时，应备有专用的打字桌，高度为 60～65cm，桌子长度应大于 1m，以便有足够的地方放稿件。最好用能调节高度的转椅，打字者平坐在椅子上，两腿平放在桌下，光线要从左边来。打字者两肘悬空，手腕平放，手指自然下垂，轻放在键盘上，前臂与后臂间略小于 90°。正确的姿势如图 1-12 所示。

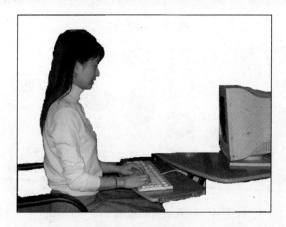

图 1-12　打字姿势

养成操作计算机的好习惯，应注意下面几点。

首先，操作时坐姿应正确舒适。应将计算机屏幕中心位置置于与操作者胸部同一水平线上，眼睛与屏幕的距离应在 40～50cm，最好使用可以调节高低的椅子。

其次，要注意工作环境。光线不要过亮或过暗，避免光线直接照射在荧光屏上而产生视觉干扰。室内要保持通风干爽，以使有害气体尽快排出。

另外，还必须注意劳逸结合。操作一段时间后最好进行适量的活动和休息，避免长时间连续操作计算机。为保护视力，还应经常有意识地眨眼和闭目休息。

实训 1.2　输入法的操作

实训任务

通过实训内容学习中文输入法的加载和卸载操作，启动和切换中文输入法的方法。

实训目的

- 掌握中文输入法的加载和卸载操作。
- 熟练掌握启动和切换中文输入法的方法。
- 掌握半角/全角方式的切换和中英文标点输入法。
- 掌握一种中文输入法。

实训内容和步骤

1．中文输入法的加载和卸载操作

（1）鼠标右键单击任务栏输入法图标，在弹出的快捷菜单中选择"设置"命令，如图 1-13 所示。

（2）在打开的"文字服务和输入语言"对话框中选择"设置"选项，如图 1-14 所示。

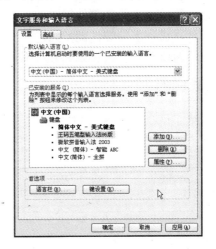

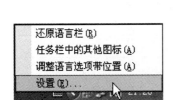

图 1-13　输入法快捷菜单　　　　　　图 1-14　"文字服务和输入语言"对话框

（3）可以通过【添加】按钮和【删除】按钮加载或卸载系统中已有的输入法。

2．启动和切换中文输入法的方法

（1）启动 Windows XP 后，在任务栏的右侧有输入法图标，单击该图标会出现输入法列表菜单，如图 1-15 所示。

（2）可以用鼠标在输入法列表中单击选择一种输入法，如果使用键盘操作，默认情况下可通过按 Ctrl+Shift 组合键轮流切换输入法，或使用 Ctrl+Space 组合键打开或关闭中文输入法。

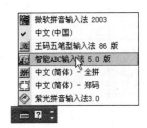

图 1-15　输入法列表

3．半角/全角方式的切换和中英文标点输入

图 1-16 智能 ABC 输入法状态条

（1）选择一种输入法后，屏幕上会出现一个输入法状态条，以智能 ABC 输入法为例，如图 1-16 所示。

（2）其中 是半角/全角方式切换按钮，半角状态显示为 ，全角状态显示为 ； 是中英文方式切换按钮，中文状态显示为 ，英文状态显示为 ； 是中英文标点切换按钮，中文状态显示为 ，英文状态显示为 。

4．中文输入法

要使用 Windows XP 系统输入汉字，必须使用中文输入法。现在常用的中文输入法有很多种，用户可根据自己的实际情况学习使用并应熟练掌握其中一种输入法。

实训 1.3 配置一台计算机

实训任务

通过实训内容学习如何配置一台计算机。

实训目的

- 掌握计算机是由哪些部件组成的。
- 了解计算机各部件的性能参数。
- 通过学习以及网上查看会独立地配置一台计算机。

实训内容和步骤

1．假设给你 5000 元购买一台计算机，请你根据市场行情，将所选的配置情况填在表 1-1 中。

表 1-1 计算机配置表

序号	配件名称	品牌型号/规格	价格	主要技术参数
1	主板			
2	CPU			
3	内存			
4	硬盘			
5	光驱			
6	显卡			
7	声卡			
8	网卡			
9	显示器			
10	鼠标			
11	键盘			
12	机箱			

序号	配件名称	品牌型号/规格	价格	主要技术参数
13	音箱			
14				
15				

实训 1.4　键盘和指法练习

实训任务

通过实训内容认识键盘的各个键位以及每个手指的分工。

实训目的

● 认识键盘分区及各个键位。
● 掌握键盘的使用方法。
● 基本指法练习。

实训内容和步骤

（1）打开"开始"→"程序"→"附件"→"记事本"。

（2）在"记事本"中输入下列符号，各符号之间加 1 个空格，共输入 5 行。

　　_ ` " , . : ; ? \ ~ ! @ # $ % ^ & | ( ) { } [ ] < >　+ - * / =

（3）输入下列英文字符，共输入 5 行。

　　AaBbCcDdEeFfGgHhIiJjKkLlMmNnOoPpQqRrSsTtUuVvWwXxYyZz

（4）输入下列英文短文。

Computer

1) The core of a PC

The core of a PC(Personal Computer) is composed of six main elements: motherboard, CPU, memory, BIOS, OS, and power supply.

Motherboard——This is the main circuit board that connects all of the internal components. The CPU and memory are usually on the motherboard. Other parts may be found directly on the motherboard or connected to it through a secondary connection. For example, a sound card can be built into the motherboard or connected through PCI.

Central Processing Unit (CPU)——The microprocessor "brain" of the computer system is called the Central Processing Unit. Everything that a computer does is initiated from the CPU.

Memory——The storage used to hold instructions and data. It has to be fast enough to keep the pace with the microprocessor. There are several types of memory in a computer:

Cache——Extremely fast RAM that connects directly to the CPU to store frequently used data and instruction.

Random-access memory(RAM) ——Used to temporarily store information that the computer is currently working with.

Read-only memory(ROM)——A permanent storage used for data and/or instructions that don't change.

Flash memory——Based on a type of ROM called electrically erasable programmable read-only memory(EEPROM), Flash memory provides fast permanent storage.

Virtual memory——Space on a hard disk used to temporarily store data and swap it in and out of RAM as needed.

BIOS——This is the first piece of software running after power on. It checks the hardware and loads the operation system(OS).

Operating System——This is the basic software that allows the user to interface with the computer.

Power supply——An electrical transformer regulates the electricity used by the computer.

2) Buses and I/O Ports

Serial port——This port is typically used to connect an external modem.

Parallel port——This is commonly used to connect a printer.

Integrated Drive Electronics (IDE) Controller——This is the primary interface for the hard drive, CD-ROM and floppy disk drive.

Peripheral Component Interconnect(PCI) Bus—— The most common way to connect additional components to the computer, PCI uses a series of slots on the motherboard that PCI cards plug into.

AGP——Accelerated Graphics Port is a very high-speed connection used by the graphics card to interface with the computer.

Universal Serial Bus(BUS)——Quickly becoming the most popular external connection, USB ports offer power and versatility and are incredibly easy to use.

Firewire(IEEE 1394)——Firewire is a very popular method of connecting digital-video devices, such as camcorders or digital cameras, to your computer.

SCSI——The small computer system interface is a method of adding additional Devices, such as hard drives or scanner, to the computer.

3) I/O devices

Hard disk——This is large-capacity permanent storage used to store information such as programs and documents.

Floppy disk——Floppy disks were once the most popular removable storage. They are extremely inexpensive and easy to save information to.

CD——The common name for CD(compact disc), CD-R(recordable), and CD-RW(rewritable) .

Sound Card——This is used by the computer to record and play audio by converting analog sound into digital information and back again.

Graphics card——This translates image data from the computer into a format that can be displayed by the monitor.

Monitor——The monitor is the primary device for displaying information from the computer.

Keyboard——The keyboard is the primary device for entering information into the computer.

Mouse——The mouse is the primary device for navigating and interacting into the computer.

Printers——Jet printers or laser printers are the main devices to get hard copies.

（5）使用菜单保存文件。

（6）打开"文件"菜单，选择"保存"命令，保存位置为"我的文档"，给保存的文件命名"computer"。

（7）关闭记事本。

实训 1.5　汉字输入练习

实训任务

通过实训掌握一种汉字输入法。

实训目的

● 了解全角和半角的区别。
● 了解中文标点和英文标点的区别。
● 熟悉输入法的切换方法。
● 掌握一种汉字输入法。

实训内容和步骤

（1）打开"开始"→"程序"→"附件"→"记事本"。

（2）输入下列文字：

1234567890（半角数字符号）

１２３４５６７８９０（全角数字符号）

AaBbCcDdEeFfGgHhIiJjKkLlMm…………Zz（半角英文符号）

Ａ ａ Ｂ ｂ Ｃ ｃ Ｄ ｄ Ｅ ｅ Ｆ ｆ Ｇ ｇ…………Ｚ ｚ（全角英文符号）

,.:;"""\(){}[]<>?+-*/（英文标点符号）

，。：；''""、（）｛｝［］《》？＋－＊／（中文全角标点符号）

（3）输入下列文章：

关于金钱和幸福的谬论

生活的满意度和预期寿命的长短伴随着社会的公平而来。贫穷的喀拉拉在发展中国家里力拔头筹。哪里富人和穷人之间的差距越大，哪里的人们就死得越早，巴西就是一个例子———虽然一个较穷的巴西人要比一个喀拉拉的中产阶级挣的钱要多得多。

赐予人们长寿的不是绝对的富裕程度，而是财富的均匀分配。同样，工业国的收入差异也显示了这一点。在瑞典和日本，收入的差异最小，虽然两国的社会和健康体制不同，但两国人民活得最长。相反，统计显示，伴随着财富分配不公正的不断增长，预期寿命也就越短。另外，德国在这两个范畴中均处于工业国家的中间地位。

在国际社会中，国民感觉最满意的国家同时也是收入分配最均衡的国家。这不是偶然的。在斯堪的纳维亚地区、荷兰，就连在瑞士，贫富差距也比德国或意大利要明显地小。

令人印象特别深刻的是美国联邦州之间的一次比较。虽然美国优秀的医院均匀地分布，但是在同一联邦州里的平均寿命却不同，差距多达 4 年。北达科他是美国西北部的一个州，那里的人们可期望活到 77 岁，相反，西南的路易斯安那州的州民平均年龄则在 73 岁。这种差距既不是绝对的富裕程度，也不是移民的来源；既不是贫困率，也不是香烟的消费量可以解释得了的；而且，因癌症而死亡的人数与因基因疾病而死亡的人数基本没有区别。谜底在于穷人和富人之间的收入差别，而这种差别在路易斯安那州要比北达科他州高出 50％。收入分配不公平州的公民较早死亡的原因可能是压力所致，是那种人们在对手林立的社会中所要承受的压力。

在金钱和幸福之间存在着一种荒谬的关系，虽然在某一门槛的一边，富裕几乎可以提升幸福，但是从更高层次的意义上来说，一个社会的财富分配方式才是决定幸福的因素。

过去 30 年间，在世界的许多地方收入差距扩大，而最大的差距是在变革中的东欧。最痛楚的要算来自俄罗斯和立陶宛的数字，在那里自 1989 年以来，死亡率提高了 1 / 3，男性的预期寿命还不到 60 岁。匈牙利 1970～1990 年之间死亡率提高了 1 / 5。这一时期的匈牙利绝对不再贫穷，这些年来，它的国民收入翻了三番，但是，当大多数人拥有的财富还停留在 1970年的水平时，富裕带来的好处也就太有限了。

按照新自由主义的世界观，只要不富裕的人的收入不下降，而富人更加富有，就伤害不到任何人。如果人们将存款数量作为唯一标准，那么该论点无疑是对的；如果人们关注幸福和健康的结果，那么这个观点肯定是错误的。只要社会上的对立面不断增加，无论是对富人还是穷人就都有伤害。

（辛麦摘自《幸福之源》）

（4）以"金钱和幸福的谬论"作为文件名存在桌面上，关闭"记事本"窗口。

第 2 章　Windows XP 基本操作

实训 2.1　排　列　图　标

实训任务

通过实验，使用鼠标完成对桌面图标的有序排列。

实训目的

● 掌握桌面图标按照"名称"、"大小"、"类型"、"修改时间"和"自动排列"的方法。
● 掌握鼠标移动、指向、单击、右击、双击和拖动的方法。

实训内容和步骤

（1）启动计算机，进入 Windows XP 桌面。
（2）将鼠标移动到桌面的空白处，单击鼠标右键，在弹出的快捷菜单中选择"排列图标"命令，如图 2-1 所示。
（3）选择"名称"命令。
（4）将鼠标移动到"我的电脑"图标上，按住鼠标左键不放，拖动该图标，如图 2-2 所示。
　　重复步骤（2），分别选择"大小"、"类型"、"修改时间"和"自动排列"命令，观察图标排列的变化。

图 2-1　排列图标菜单

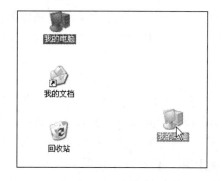

图 2-2　拖动图标

实训 2.2　Windows 基本操作

实训任务

通过实训能够熟练地对 Windows 进行一些基本的操作。

实训目的

- 了解 Windows 桌面和窗口的组成。
- 了解 Windows 的基本设置。
- 学会对 Windows 窗口进行改变大小、移动位置等基本操作。
- 掌握鼠标的基本操作。
- 掌握启用应用程序的方法。
- 掌握多窗口的切换和平铺。

实训内容和步骤

（1）将桌面上"我的电脑"图标拖动到桌面右上角；将"回收站"拖动到桌面右下角。

（2）双击"我的电脑"图标，打开【我的电脑】窗口。

（3）调整【我的电脑】窗口大小：先分别拖动窗口的上、下、左、右边框，改变窗口的大小，使窗口约占桌面的四分之一；再通过单击最大化、最小化和还原按钮改变窗口的大小。

（4）移动【我的电脑】窗口的位置：将窗口分别移动到桌面的左上角、右上角、左下角、右下角、中间位置。

（5）关闭【我的电脑】窗口。

（6）打开【记事本】窗口。菜单操作方法为：选择【开始】→【程序】→【附件】→【记事本】命令。

（7）打开【画图】窗口。菜单操作方法为：选择【开始】→【程序】→【附件】→【画图】命令。

（8）将【记事本】窗口切换为活动窗口，在其中输入：How are you!

（9）将【画图】窗口切换为活动窗口，在其中画一个圆。

（10）手工调整【记事本】和【画图】窗口大小，使二者在屏幕上同时可见。

（11）分别使用系统提供的"横向平铺窗口"和"纵向平铺窗口"功能，平铺【记事本】和【画图】窗口。

（12）使用菜单关闭【记事本】窗口，使用快捷键关闭【画图】窗口，不保存结果。

（13）更改桌面背景。选取自己喜欢的图片作为桌面背景，查看居中、平铺的拉伸的效果。

（14）查看当前屏幕的分辨率，更改分辨率大小，查看更改后的效果。

（15）设置屏幕保护：屏保程序任选，等待时间设置为 1 分钟。停止键盘和鼠标操作，等待屏保起作用，查看屏保效果。

（16）将任务栏拖动到屏幕的上方，然后再还原。

（17）设置任务栏为自动隐藏，查看效果后再取消隐藏。

（18）设置在任务栏上不显示输入法指示器。

（19）设置在任务栏上显示输入法指示器。

（20）将计算机的日期调整到 2011 年 4 月 28 日，时间调整到 12 点 12 分 12 秒。

（21）将计算机的日期和时间调整到当前的日期和时间。

提示：如果有不会操作的，可查看《计算机文化基础（第 2 版）》教材。

实训 2.3　电子文档管理

实训任务

通过实验，在 D 盘上建立一个以自己姓名命名的文件夹，并在文件夹中建立一个以"我的第一个文档"命名的文本文件，然后针对文件夹和文件进行重命名、复制、粘贴、剪切、查找和删除操作。

实训目的

- 掌握文件夹和文件的创建方法。
- 掌握文件夹和文件的重命名方法。
- 掌握文件夹和文件复制、粘贴和剪切的方法。
- 掌握文件夹和文件的查找方法。
- 掌握文件夹和文件的删除方法。

实训内容和步骤

（1）打开【开始】菜单，选择"所有程序"→"附件"→"Windows 资源管理器"，打开"Windows 资源管理器"对话框，选择"我的电脑"中的 D 盘，双击打开 D 盘，如图 2-3 所示。

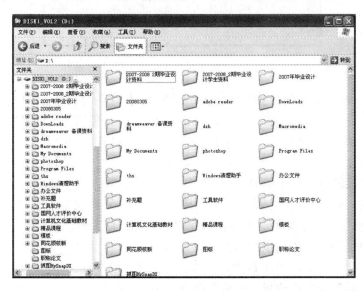

图 2-3　资源管理器

（2）在 D 盘空白处单击鼠标右键，在弹出的快捷菜单中选择"新建"→"文件夹"命令。

（3）将文件夹名称以自己姓名命名，如图 2-4 所示。

（4）单击新建立的文件夹，在菜单栏中选择"文件"→"重命名"命令。或单击鼠标右键，在弹出的快捷菜单中选择"重命名"命令，也可以在文件或文件夹名称处直接单击两次（两次单击间隔时间应稍长一些，以免使其变为双击），使其处于编辑状态，还可以通过【F2】快捷键。将文件夹名改为学号+姓名，如图 2-5 所示。

图 2-4　文件夹命名　　　　　　　　图 2-5　重命名后的文件夹

（5）双击新建立的文件夹，打开文件夹，在空白处单击鼠标右键，在弹出的快捷菜单中选择"新建"→"Microsoft Word 文档"，并将此文档命名为"我的第一个文档"。

（6）单击"向上"按钮，回到上一级。

（7）选中建立的文件夹，在菜单栏中选择"编辑"→"复制"命令。或在文件夹上单击鼠标右键，在弹出的快捷菜单中选择"复制"命令，也可以选中此文件夹通过按 Ctrl+C 组合键来完成。

（8）选择"我的电脑"中的 C 盘。

（9）在菜单栏中选择"编辑"→"粘贴"命令。或在空白处单击鼠标右键，在弹出的快捷菜单中选择"粘贴"命令，也可以通过按【Ctrl+V】组合键来进行操作。

（10）选中新复制的文件夹，在菜单栏中选择"文件"→"删除"命令。或单击鼠标右键，在弹出的快捷菜单中选择"删除"命令。弹出"确认文件夹删除"提示框，如图 2-6 所示。

图 2-6　"确认文件夹删除"提示框

单击【是】按钮，双击桌面上的"回收站"图标，打开"回收站"窗口，看文件夹是否在"回收站"中，然后选中该文件或文件夹，单击"回收站"任务窗格中的"恢复此项目"命令。

在上面选择"删除"命令时按住 Shift 键操作，然后打开"回收站"窗口，看文件夹是否在"回收站"中。

（11）选择"我的电脑"中的 D 盘。

（12）选中建立的文件夹，在菜单栏中选择"编辑"→"剪切"命令，或在文件夹上右击，在弹出的快捷菜单中选择"剪切"命令。也可以选中此文件夹通过按 Ctrl+X 组合键来完成。

（13）重复第（7）～（8）步的操作。

（14）选择"我的电脑"中的 D 盘，并观察开始建立的文件夹是否存在。

（15）在【开始】菜单中选择"搜索"命令。

（16）打开"搜索结果"窗口，如图 2-7 所示。

（17）在"要搜索的文件或文件夹名为"文本框中输入"我的第一个文档"，单击【立即搜索】按钮。看是否搜索到，并将鼠标移动到该图标上注意此时文件夹的位置。

（18）选择"文件"→"创建快捷方式"命令。或单击鼠标右键，在打开的快捷菜单中选择"创建快捷方式"命令，即可创建该文档的快捷方式。

图 2-7　"搜索结果"窗口

实训 2.4　Windows XP 系统优化

实训任务

掌握 Windows XP 常规优化项目的使用方法。

实训目的

- 掌握磁盘检查的方法。
- 掌握磁盘清理的方法。
- 掌握磁盘碎片整理的方法。

实训内容和步骤

1．磁盘检查

Windows 的磁盘检查工具可以诊断磁盘的错误,分析和修复磁盘的逻辑错误,并尽可能地将出现物理错误的坏扇区中的数据移到其他位置。磁盘检查过程要花费大量的时间,在磁盘检查期间,必须关闭所检查磁盘中的所有文件,尤其不能向磁盘写入数据。磁盘检查的步骤如下。

（1）打开"我的电脑"窗口,鼠标右键单击要检查的磁盘,在弹出的快捷菜单中选择"属性"命令。

（2）在如图 2-8 所示的"本地磁盘（E:）属性"对话框内,单击"工具"选项。

（3）单击"开始检查"按钮,打开如图 2-9 所示的"检查磁盘本地磁盘（E:）"对话框。

（4）选择"磁盘检查选项"选项区域中的复选项,然后单击"开始"按钮。

2．磁盘清理

Windows 的磁盘清理工具可以将磁盘上无用的文件成批地删除,以释放所占用的存储空间。磁盘清理的步骤如下。

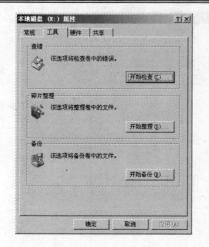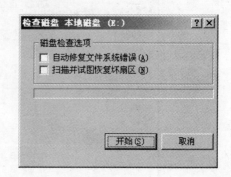

图 2-8　"本地磁盘（E:）属性"对话框　　　图 2-9　"检查磁盘本地磁盘（E:）"对话框

（1）在"开始"菜单中选择"所有程序"→"附件"→"系统工具"→"磁盘清理"命令，弹出"选择驱动器"对话框。

（2）选择要清理的驱动器，单击"确定"按钮。

（3）系统计算能释放多少空间后，弹出如图 2-10 所示的"本地磁盘（D:）的磁盘清理"对话框。

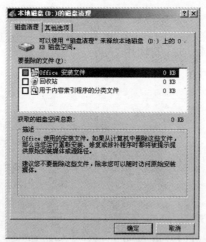

图 2-10　"本地磁盘（D:）的磁盘清理"对话框

（4）在"磁盘清理"选项卡中，选择要清理的选项，然后单击"确定"按钮。

3．磁盘碎片整理

磁盘碎片是指存放于磁盘不同位置上的一个文件的各个部分。磁盘碎片较多时会影响文件的存取速度，从而导致计算机整体运行速度的下降。Windows 所提供的磁盘碎片整理程序可以重新安排文件的存储位置，将文件尽可能地存放于连续的存储空间上，从而减少碎片，提高计算机的运行速度。磁盘碎片整理的步骤如下。

（1）在"开始"菜单中选择"所有程序"→"附件"→"系统工具"→"磁盘碎片整理程序"命令，打开如图 2-11 所示的"磁盘碎片整理程序"窗口。

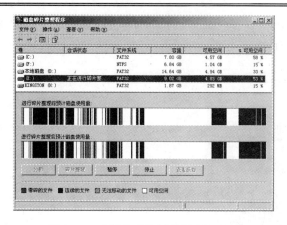

图 2-11　"磁盘碎片整理程序"窗口

（2）在"卷"标签中选择要整理的磁盘（分区），单击"碎片整理"按钮，系统进入整理过程。

（3）整理期间可单击"暂停"按钮或"停止"按钮（以后可从停止的地方恢复整理）。

实训 2.5　Windows XP 系统环境的配置

实训任务

通过本实训的操作，掌握 Windows XP 系统环境的配置。

实训目的

- 掌握"控制面板"的启动、显示器属性设置及日期和时间设置方法。
- 了解鼠标属性设置方法。
- 学会通过控制面板添加/删除程序。

实训内容和步骤

（1）打开"控制面板"，认识"控制面板"各组成部分；掌握"控制面板"窗口中各工具栏的用法，并分别以"分类视图"和"经典视图"显示窗口中的图标。

可以采用以下方法之一打开"控制面板"窗口，如图 2-12 所示。

a. 选择"开始"→"设置"→"控制面板"命令。

b. 双击"我的电脑"图标，在打开的"我的电脑"窗口左边列表中单击"控制面板"图标。

c. 在"资源管理器"左侧中单击"控制面板"图标。

单击"控制面板"窗口左边"控制面板"选项中的"切换到分类视图"或者"切换到经典视图"，即可将窗口中的图标以"分类视图"或"经典视图"方式显示。

（2）将桌面主题改为"Windows 经典"方式；更换当前的桌面背景；给屏幕设置"贝塞尔"曲线的屏幕保护程序，设置等待时间为 3 分钟；将活动窗口标题栏颜色改为：颜色 1 为黄色，颜色 2 为绿色；将屏幕分辨率改为 800×600。

更改主题：双击"控制面板"窗口中的"显示"图标，弹出"显示 属性"对话框，系统默认的是"主题"选项卡，打开"主题"下拉列表，选择"Windows 经典"选项，如图 2-13 所示，单击"确定"按钮。

图 2-12　"控制面板"窗口

更改桌面背景：打开"显示 属性"对话框中的"桌面"选项卡，选择"背景"列表中合适的图片文件，单击"确定"按钮。

设置屏幕保护程序：打开"显示 属性"对话框中的"屏幕保护程序"选项卡，选择"屏幕保护程序"下拉列表中的"贝塞尔曲线"，在"等待"文本框中输入或选择数值 3，如图 2-14 所示。最后单击"确定"按钮。

图 2-13　"主题"选项卡

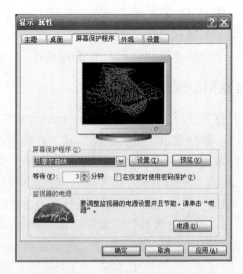

图 2-14　"屏幕保护程序"选项卡

改变活动窗口标题栏的颜色：打开"显示 属性"对话框中的"外观"选项卡，如图 2-15 所示；单击"高级"按钮，弹出"高级外观"对话框，选择"项目"下拉列表中的"活动窗口标题栏"选项，再将"颜色 1"选为黄色、"颜色 2"选为绿色，如图 2-16 所示。

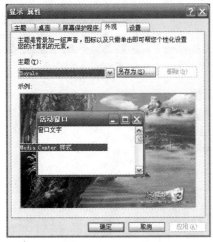
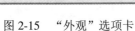

图 2-15　"外观"选项卡

图 2-16　"高级外观"对话框

单击"确定"按钮返回"显示 属性"对话框，单击"确定"按钮。

设置屏幕分辨率：打开"显示 属性"对话框中的"设置"选项卡，拖动"屏幕分辨率"滑块至 800×600，如图 2-17 所示，单击"确定"按钮。

（3）理解各种鼠标指针形状的含义，将鼠标指针形状改为"恐龙"形状，并设置"显示指针踪迹"效果。

双击"控制面板"窗口中的"鼠标"图标，弹出"鼠标 属性"对话框，打开"指针"选项卡，选择"方案"下拉列表中的"恐龙（系统方案）"选项，如图 2-18 所示，再打开"指针选项"选项卡，选中"显示指针踪迹"复选框，如图 2-19 所示，最后单击"确定"按钮。

（4）将系统日期改为 2008 年 8 月 8 号，时间改为 20∶56∶36，再改回当前的正确日期和时间。

双击"控制面板"窗口中的"日期和时间"图标，弹出"日期和时间 属性"对话框，如图 2-20 所示。在"日期"栏中将日期改为上述日期，分别单击"时间和日期"选项卡的时间显示框中的小时、分、秒，输入上述时间，单击"确定"按钮。

图 2-17　"设置"选项卡

图 2-18　"指针"选项卡

<table>
<tr><td>图 2-19　"指针选项"选项卡</td><td>图 2-20　"日期和时间　属性"选项卡</td></tr>
</table>

四、综合练习

1. 利用控制面板，在"开始"菜单中添加"画图"应用程序的启动程序菜单。

2. 给屏幕设置"三维管道"屏幕保护程序，并加入口令；将菜单的颜色设置为绿色；练习调整屏幕的分辨率。

3. 将鼠标指针形状改为"三维青铜色"形状，并设置"在打字时隐藏指针"效果。

4. 利用控制面板，将系统日期改为 2008 年 8 月 8 日，时间修改为 20：00：00，再改回当前的正确日期和时间。

5. 通过控制面板添加/删除一种应用程序。

实训 2.6　Windows XP 中附件的使用

实训任务

通过本实训，熟练掌握 Windows XP 中附件的使用方法。

实训目的

● 掌握画图和计算器的使用方法。

● 了解记事本和写字板的功能和使用方法。

实训内容和步骤

1. "画图"应用程序

利用"画图"应用程序，创建名为 HT.BMP 的图片文件，在文件上绘制如图 2-21 的图形，图形中的圆形用黄色填充，正方形内的三角形用红色填充，其余部分均用蓝色填充并保存（保存位置自定），最后关闭"画图"应用程序。

（1）选择"开始"→"程序"→"附件"→"画图"命令，打开"画图"窗口。

（2）使用窗口左边工具栏中的"铅笔"、"直线"或"多边形"工具，画出图中所示的三角形。

（3）单击"矩形"工具，按住 Shift 键，向右下方拖动鼠标，画出图中所示的正方形。

（4）单击"椭圆"工具，按住 Shift 键，向右下方拖动鼠标，画出图中所示的圆形。

（5）使用"用颜色填充"工具填充各图形中要求的颜色。

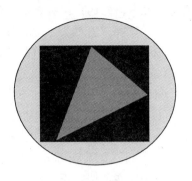

图 2-21　画图

（6）选择"文件"→"保存"命令，弹出"另存为"对话框，在"保存位置"选项列表中选择合适的保存位置，在"文件名"文本框中输入"HT.BMP"，单击"保存"按钮即可保存文件。

（7）最后，单击"画图"窗口的"关闭"按钮，关闭"画图"应用程序。

2．计算器

打开计算器，并将计算器界面切换为"科学型"，用计算器将十进制数 25.2 转换成二进制数和十六进制数，并计算 12^3 和 6^5 的值。

（1）选择"开始"→"程序"→"附件"→"计算器"命令，打开"计算器"窗口。选择"查看"→"科学型"命令，打开如图 2-22 所示的窗口。

（2）选中科学型计算器界面中的"十进制"选项，输入 25，然后单击"二进制"选项，则显示对应的二进制数为 11001，单击"十六进制"选项，则显示相应的十六进制数为 19。

（3）计算 12^3 的值：先输入 12，再按计算器上的 x^3 键即可。

（4）计算 6^5 的值：先输入 6，再按计算器上的 x^y 键，再按 5，最后按＝即可。

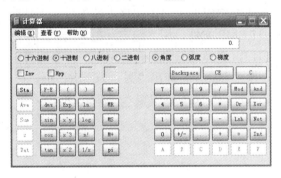

图 2-22　科学型"计算器"窗口

3．"记事本"应用程序

利用"记事本"应用程序，创建一个名为 JSB.TXT 的文本文件，设置"自动换行"功能，在文件中输入下列内容：

计算机的发展

1946 年 2 月，世界上第一台通用电子数字计算机（ENIAC）在美国宾夕法尼亚大学诞生。它共用了 18000 多个电子管、1500 多个继电器及其他器件，总体积约 90 立方米，重达 30 吨，占地 140 平方米，运算速度为每秒 5000 次加法。虽然其功能在今天看来还不如一台手掌式的可编程计算器，但它在人类文明史上具有划时代的意义，它的发明是现代人类文明进入高速发展的重要标志之一，它的出现引起了当代政治、经济、科学、教育、生产和生活等方面的巨大变化。

（1）选择"开始"→"程序"→"附件"→"记事本"命令，打开"记事本"窗口。

（2）设置自动换行：选择"格式"→"自动换行"命令。

（3）输入要求的文字。

（4）对输入的文字做如下设置。

① 设置页面纸张大小为 A4，上下左右页边距均为 2.5 厘米。页面设置的方法为：选择"文件"→"页面设置"命令，选择纸张大小为 A4，输入要求的页边距，单击"确定"按钮。

② 将正文复制一份，作为第二段，删除第二段中的最后一句话。

复制正文：选定正文文字，选择"编辑"→"复制"命令，将光标定位于正文的下一行，选择"正文"→"粘贴"命令。

③ 删除文本：选定要删除的文本，按 Delete 键。

④ 将全文设置为隶书五号字并保存（保存位置自定）。

（5）选定全文，选择"格式"→"字体"命令，弹出"字体"对话框，选择"字体"选项组中的"隶书"和"大小"选项组中的"五号"命令，单击"确定"按钮。

（6）选择"文件"→"保存"命令，弹出"另存为"对话框，在"保存位置"选项列表中选择合适的保存位置，在"文件名"文本框中输入"JSB.TXT"，单击"保存"按钮即可保存文件。

4."写字板"应用程序

打开"写字板"应用程序，将第 3 点中的文件内容粘贴到该新文件中，再将第 1 点中的图片粘贴到该写字板文件的末尾，将该写字板文件以 XZB.DOC 为名保存（保存位置自定）。

（1）选择"开始"→"程序"→"附件"→"写字板"命令，打开"写字板"窗口。

（2）打开第 3 点中的 JSB.TXT 文件，选定其内容，选择"编辑"→"复制"命令，将光标置于"写字板"窗口，在"写字板"窗口中选择"编辑"→"粘贴"命令即可。

（3）打开第 1 点中的 HT.BMP 文件，用"选定"工具选择图片，选择"编辑"→"复制"命令，切换到"写字板"窗口，选择"编辑"→"粘贴"命令即可。

（4）选择"文件"→"保存"命令，弹出"另存为"对话框，在"保存位置"选项列表中选择合适的保存位置，在"文件名"文本框中输入"XZB.DOC"，单击"保存"按钮即可保存文件。

第 3 章 Internet 基本操作

实训 3.1 IE 浏览器的使用

实训任务

设置 IE 浏览器的"主页"为百度网页,并清除保留在历史记录中的网页;使用 URL 地址打开网易网站,在网易网站首页中,将该页面保存到"收藏夹",以超链接方式浏览新闻,将"新闻"子页面保存在计算机上,在不上网的情况下打开该页面;利用搜索引擎搜索与"Winrar下载"相关的网页并下载该软件。

实训目的

- 了解设置 IE 浏览器的方法。
- 学会浏览、搜索、收藏各类网站。
- 学会从网站上下载文件。

实训内容和步骤

(1)在 IE 图标上单击鼠标右键,在弹出的快捷菜单中选择"属性"命令,打开"Internet属性"对话框。将主页栏中原来的网页删除,并输入 http://www.baidu.com,单击【使用当前页】按钮,即可将百度网设为主页。单击"浏览历史记录"栏中的【删除】按钮,在弹出的询问框中选择"全部删除"复选框,单击【确定】按钮,即可清除保留在历史记录中的网页。再单击"Internet 属性"对话框的【确定】按钮,完成操作,如图 3-1 所示。

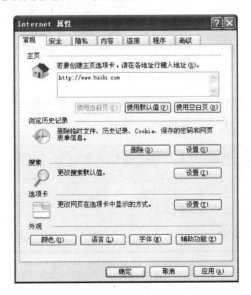

图 3-1 "Internet 属性"对话框

（2）启动 IE 浏览器，在"地址"栏中输入 www.163.com，按下【Enter】键后就进入网易
首页，如图 3-2 所示。将鼠标指向"新闻"链接，鼠标指针变成小手形，单击就可进入"新闻"
网页，如图 3-3 所示。

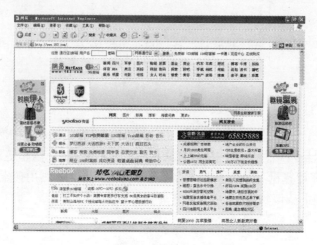

图 3-2　网易主页

图 3-3　网易新闻

（3）回到主页，单击 ✿ 按钮，选择"添加到收藏夹"出现"添加到收藏夹"对话框，在"名
称"一栏输入"网易"，单击【确定】按钮，如图 3-4 所示。

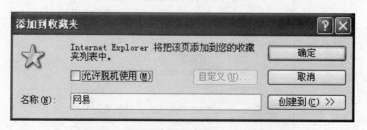

图 3-4　"添加到收藏夹"对话框

（4）选择"文件"→"另存为"命令，打开"保存网页"对话框，选择用于保存的文件夹，

如"我的文档"。在"文件名"栏中输入"网易",单击【保存】按钮,如图3-5所示。

图 3-5 "保存网页"对话框

(5)断开网线,打开 IE 浏览器,出现"脱机工作"提示框,单击【脱机工作】按钮,如图 3-6 所示。选择"文件"→"打开"命令,打开"打开"对话框,如图 3-7 所示。单击【浏览】按钮,找到保存"网易"网页的文件夹,选择并打开"网易"网页。

图 3-6 "脱机工作"提示框

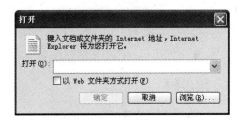

图 3-7 "打开"对话框

(6)进入 www.baidu.com 搜索引擎,在文本框中输入"WinRAR 下载"并回车,可以得到相关网页,如图3-8所示。进入其中一个页面,选择可下载的链接,会弹出"文件下载"询问框,如图3-9所示,单击【保存】按钮即可下载该软件。

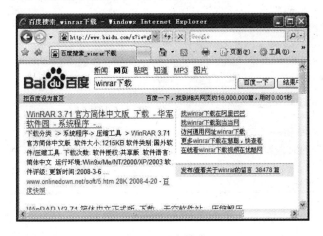

图 3-8 百度搜索

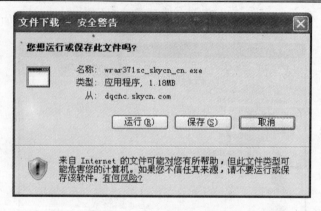

图 3-9　"文件下载"询问框

实训 3.2　TCP/IP 网络配置

实训任务

正确配置 TCP/IP 协议，利用"ping 命令"来测试网络是否连通（IP 地址等相关数据可视具体情况而定）。

实训目的

掌握本地计算机的 TCP/IP 网络配置，建立和测试网络连接。

实训内容和步骤

（1）在桌面上右击 图标，在弹出的快捷菜单中选择"属性"命令，打开"网络连接"窗口，如图 3-10 所示。

图 3-10　"网络连接"窗口

（2）在本地连接图标上右击，在弹出的快捷菜单中选择【属性】命令，打开"本地连接 属性”对话框，如图 3-11 所示。

（3）选中“Internet 协议（TCP/IP）”复选框，单击【属性】按钮，打开“Internet 协议（TCP/IP）属性”对话框，如图 3-12 所示。

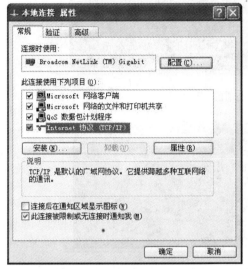
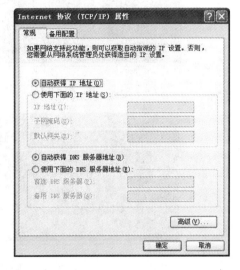

图 3-11　“本地连接 属性”对话框　　　　　　图 3-12　“Internet 协议（TCP/IP）属性”对话框

（4）选中“使用下面的 IP 地址”单选按钮，输入如图 3-13 所示的数据。

注意：在进行计算机的网络配置前，必须确认系统已有网卡并配置了网卡驱动程序。

（5）在【开始】菜单中选择“运行”命令，在打开的“运行”对话框中输入“ping 192.168.1.115”，如图 3-14 所示。

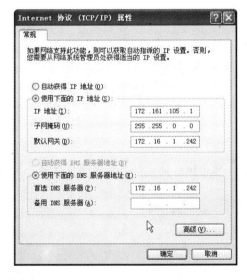

图 3-13　输入 IP 地址　　　　　　　　　图 3-14　“运行”对话框

（6）按下【Enter】键后，查看 TCP/IP 的连接测试结果，TCP/IP 已经连通的测试结果如图 3-15 所示，没连通的情况如图 3-16 所示。

```
C:\WINDOWS\system32\ping.exe

Pinging 192.168.1.115 with 32 bytes of data:

Reply from 192.168.1.115: bytes=32 time<1ms TTL=64
Reply from 192.168.1.115: bytes=32 time<1ms TTL=64
Reply from 192.168.1.115: bytes=32 time<1ms TTL=64
Reply from 192.168.1.115: bytes=32 time<1ms TTL=64
Reply from 192.168.1.115: bytes=32 time<1ms TTL=64
Reply from 192.168.1.115: bytes=32 time<1ms TTL=64
Reply from 192.168.1.115: bytes=32 time<1ms TTL=64
```

图 3-15　TCP/IP 已经连通的测试结果

```
C:\WINDOWS\system32\ping.exe

Pinging 192.168.1.115 with 32 bytes of data:

Destination host unreachable.
Destination host unreachable.
Destination host unreachable.
Destination host unreachable.
Destination host unreachable.
Destination host unreachable.
```

图 3-16　TCP/IP 没有连通的测试结果

实训 3.3　查看本机网络基本信息

实训任务

通过 ipconfig 命令查询本机基本信息。

实训目的

- 了解什么是 ipconfig 命令。
- 学会使用 ipconfig 命令。

实训内容和步骤

（1）执行"开始"→"运行"命令，弹出"运行"对话框，在"打开"文本框中输入 cmd，如图 3-17 所示。

图 3-17　输入 cmd 命令

（2）单击确定，系统将自动弹出 DOS 命令窗口，如图 3-18 所示。

（3）在提示符后输入 ipconfig /all，输入回车键后显示如图 3-19 所示的结果。

图 3-18　DOS 命令窗口

图 3-19　ipconfig /all 命令的执行结果

图 3-19 中各项的具体含义如下：

● Host Name：主机名，指本地计算机名。

● Primary DNS Suffix：主 DNS 后缀（后缀只是一个规则，在私网里面不要也没问题）。

● Node Type：代表 WINS 查询方式，包括 Broadcast（节点广播）、Peer2Peer（点对点）、Mixed（先广播后点对点）、Hybrid（先点对点后广播）。网络中如果配置了 WINS 服务器 IP 地址就是 Hybrid 节点，没配置就是 Broadcast 节点。还有一种是 Unknown 模式，这是未知节点。

● IP Routing Enabled：IP 路由功能开启支持（一般为 NO）。

● WINS Proxy Enabled：WINS 代理开启支持（一般为 NO）。

● Physical Address：物理地址，也就是该网络适配器拥有的全球唯一的 MAC 地址。

● DHCP Enabled：DHCP（动态主机配置协议）开启支持。

● IP Address：IP 地址，Internet 协议地址。

● Subnet Mask：子网掩码。

● Default Gateway：默认网关。

● DNS Servers：DNS 服务器，用于完成从域名到 IP 地址的解析。

实训 3.4　电子邮件的使用

实训任务

学会申请电子邮箱，并使用电子邮箱收发电子邮件。

实训目的

● 掌握电子邮件的相关基本概念。
● 学会申请和使用电子邮箱。

实训内容和步骤

1．申请免费电子邮箱账号

（1）打开 IE 浏览器，在地址栏中输入网易 126 的网址 http://www.126.com，打开网易 126 邮件的主页，如图 3-20 所示。

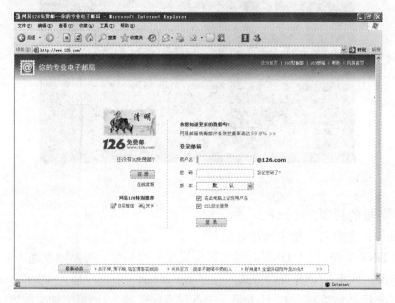

图 3-20　网易 126 主页

（2）单击左侧的"注册"按钮，打开 126 邮箱的注册向导，并按照向导要求一步一步填写。

（3）申请成功后，用申请到的账号进行登录并打开邮箱，如图 3-21 所示。

2．发送 E-mail

（1）在如图 3-21 所示的页面中，单击"写信"按钮，打开"写邮件"窗口，在"收件人地址"和"主题"文本框中输入相应的信息。

（2）在正文区域中输入邮件的内容。

（3）若要在邮件中添加附件，可以单击"附件"按钮，并从本地硬盘或网络磁盘中选择附件文件。

（4）全部设置完后，单击"发送"按钮，该邮件及附件将被一起发送出去。

3．查看 E-mail

单击"收信"按钮，查看自己是否收到新邮件。双击新邮件即可打开浏览。若邮件中有附件，单击附件名即可打开附件或将附件保存至本地硬盘中。

4．电子邮件客户端软件 Outlook 的使用

除了可以登录到自己的电子邮箱中进行电子邮件的接收和发送外，还可以用一种更方便的方式来接收和发送电子邮件，那就是使用电子邮件客户端软件。电子邮件客户端软件的种类比较多，

常用的软件有 Outlook、Foxmail 等，这些软件的收发电子邮件的功能都比较齐全，各有特点。

图 3-21　进入 126 邮箱

Outlook 是微软公司的软件产品，应用广泛，操作简单。下面就以 Outlook 为例，通过配置 Outlook，实现使用 Outlook 这个电子邮件客户端来进行电子邮件的接收和发送。

（1）启动 Outlook

如果是第一次启动 Outlook，将出现 Outlook 的启动向导，可以按照向导启动 Outlook。使用 Outlook 启动向导启动 Outlook 的步骤如下。

① 在桌面上双击 Microsoft Outlook 图标，或者单击任务栏的"开始"按钮，打开"开始"菜单，单击"程序"菜单中的 Microsoft Outlook 命令，打开 Outlook 的启动向导。

② 单击"下一步"按钮，进入下一个步骤。在这个步骤中，向导询问是否使用原来的 Outlook 配置，选中选项"否"前的单选按钮后，单击"下一步"按钮。

③ 在弹出的对话框中选择"仅用于 Internet"选项前的单选按钮后，单击"下一步"按钮，完成启动的设置并启动 Outlook 程序窗口，如图 3-22 所示。

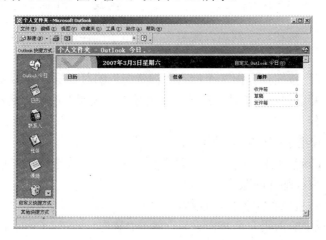

图 3-22　Outlook 程序窗口

④ 第一次启动 Outlook 后，以后再启动时，只要在桌面上双击"Microsoft Outlook"图标，或者选择"开始"→"程序"→"Microsoft Outlook"命令，就能直接启动如图 6-13 所示的程序窗口，而不需要经过以上配置过程。

（2）账号的设置

从实质上说，Outlook 并不能直接接收和发送电子邮件，它仅仅作为一个客户端，要借助电子邮件服务器来进行电子邮件的接收和发送。因此，启动 Outlook 后，并不能直接使用 Outlook 来进行邮件的接收和发送，必须先进行邮箱账号的配置，也就是新建一个邮箱账号。

新建邮箱账号的操作步骤如下。

① 启动 Outlook 后，选择"工具"菜单中的"账户"命令，弹出"Internet 账户"对话框。单击选择"邮件"选项，如图 3-23 所示。

② 单击"添加"按钮，在弹出的菜单中选择"邮件"命令，弹出"Internet 连接向导"对话框，填入电子邮箱用户的姓名（具体可由用户自己确定）。

③ 单击"下一步"按钮，填入电子邮件的地址，即用户在邮件服务器申请到的电子邮箱的地址，如 Example@163.com。

④ 单击"下一步"按钮，弹出如图 3-24 所示的对话框，分别填入由 ISP 提供的接收邮件服务器和发送邮件服务器域名。

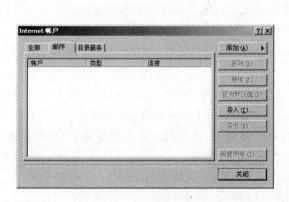

图 3-23　"邮件"选项卡

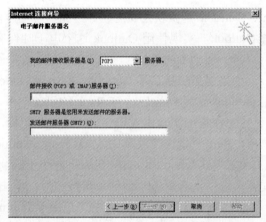

图 3-24　"Internet 连接向导"对话框

⑤ 单击"下一步"按钮，分别填入账号名（即电子邮件地址字符@前的用户标识）和进入邮箱的密码。

⑥ 单击"下一步"按钮，弹出一个标有"祝贺您"的对话框，表示设置完成。单击"完成"按钮保存设置，并返回到"邮件"选项卡，再单击"关闭"按钮。此时，账号设置完成。

（3）接收电子邮件

使用 Outlook 接收电子邮件的步骤如下。

① 在打开的 Outlook 窗口中，单击"发送和接收"按钮或选择"工具"菜单的"发送和接收"子菜单中需要接收邮件的账户。

② Outlook 开始连接邮件服务器，连接成功后，弹出登录对话框，如图 3-25 所示。

③ 在登录对话框中输入用户名和密码后，单击"确定"按钮，Outlook 就开始从邮件服务器上接收电子邮件了，如图 3-26 所示。

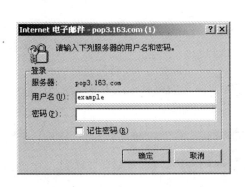

图 3-25　登录对话框

图 3-26　接收电子邮件

（4）发送电子邮件

使用 Outlook 发送电子邮件的步骤如下。

① 在打开的 Outlook 窗口中选择"新建"按钮，或选择"文件"→"新建"→"邮件"命令，打开新建邮件窗口，如图 3-27 所示。

② 在这个窗口中，在"收件人"文本框中输入收件人的邮箱地址，并填写"主题"和邮件正文，再单击"发送"按钮，新建邮件窗口消失。

③ 此时，邮件并没有发送，必须继续选择"工具"菜单中的"发送"命令（也可以单击"发送和接收"按钮），邮件才开始发送。

④ 在发送的过程中，会出现如图 3-25 所示的登录对话框，在这个对话框中填写正确的用户名和密码后，邮件开始发送，如图 3-28 所示。

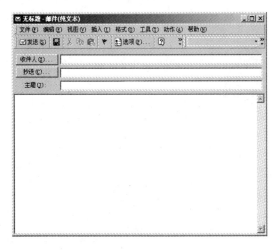

图 3-27　新建邮件窗口

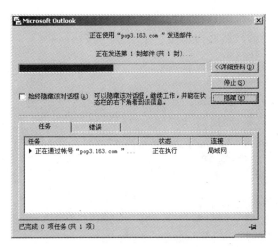

图 3-28　发送电子邮件

5. 电子邮件客户端软件 Foxmail 的使用

Foxmail 是一款非常优秀的国产电子邮件客户端软件，支持几乎所有的 Internet 电子邮件功能。Foxmail 程序小巧，使用方便，可以快速地发送邮件。新版的 Foxmail 还提供了强大的反垃圾邮件功能，提供的邮件加密功能确保了电子邮件的真实性和安全性。通过 Foxmail 还能够实现阅读和发送国际邮件（支持 Unicode）、地址簿同步、以嵌入方式显示附件图片、增强本地邮箱邮件搜索等功能。下面就来具体介绍它的使用方法。

（1）建立用户账户

使用 Foxmail 的第一步是建立用户账户，这个账户对应一个邮箱，用来收发该账户的信件。

① 安装完 Foxmail 之后，就会自动启动并出现如图 3-29 所示的用户向导窗口，单击"下一步"按钮。

② 这时开始填写账户名称（任取）和邮箱的路径，这里的路径采用默认值（Foxmail 的安装路径下）即可，如图 3-30 所示，然后单击"下一步"按钮。

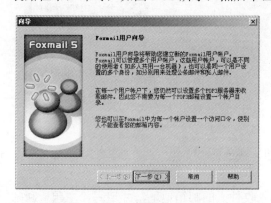
图 3-29　Foxmail 用户向导窗口

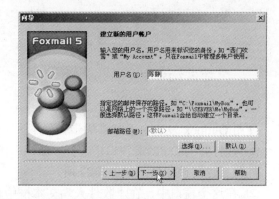
图 3-30　建立新的用户账户窗口

③ 输入与这个账户连接的电子邮箱，如图 3-31 所示。在"发送者姓名"中填写发送者的名字，如"陈静"，在以后撰写邮件时，这个姓名就会自动添加在邮件末尾。在"邮件地址"文本框中填入邮件地址，然后单击"下一步"按钮。

④ 在后面的步骤中，除了"密码"文本框需要填写自己的电子邮箱的登录密码外，其他的都采用默认值，这些值实际上是 Foxmail 按照刚才输入的邮件地址自动添加的，如图 3-32 所示，然后再单击"下一步"按钮。

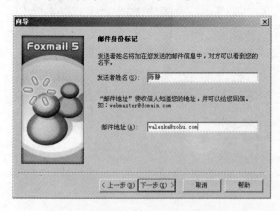
图 3-31　添加邮件地址

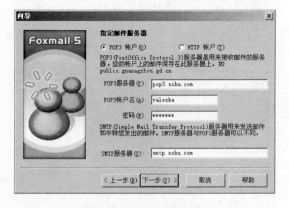
图 3-32　输入邮箱密码

⑤ 最后一步同样可以按照默认值进行设置。单击"完成"按钮，就完成了账户的建立，如图 3-33 所示。

提示：一般 SMTP 邮件服务器都需要身份认证，所以需选中"SMTP 服务器需要身份验证"复选框。如果需要在服务器上保留邮件备份，需选中"保留服务器备份，即邮件接收后不从服务器删除"复选框。

　　⑥ 单击"完成"按钮后，打开 Foxmail 的主界面，如图 3-34 所示。可以看到刚才建立的账户"陈静"和相应的文件夹出现在主界面左侧的窗口中。

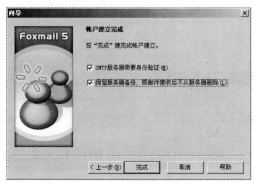

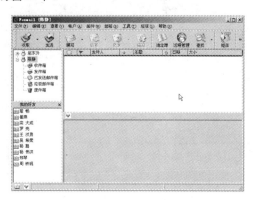

图 3-33　账户建立完成　　　　　　　　图 3-34　Foxmail 主界面

（2）撰写及发送邮件

　　打开了 Foxmail，就可以开始写信了。单击工具栏上的"撰写"按钮，这时就打开"写邮件"窗口，如图 3-35 所示。

　　在下面的窗口中已经给出了中文信件的基本格式，可以删掉这个格式后采用自己常用的格式。此外，发信人的姓名和邮箱也自动添加在信纸上了。这时就可以在该窗口写邮件了。

　　如果需要在电子邮件中传递其他的文件，可以单击工具栏上的"附件"按钮来添加，这时弹出"打开"的对话框，如图 3-36 所示。

图 3-35　"写邮件"窗口　　　　　　　　图 3-36　"打开"对话框

　　选择好需要发送的文件后，单击"打开"按钮，就可以看到该文件出现在"写邮件"窗口中，如图 3-37 所示。

　　最后，在"收件人"文本框中填上收件人的邮箱地址，写好主题，单击工具栏上的"发送"按钮，就可以发送邮件，如图 3-38 所示。

（3）接收邮件

　　使用 Foxmail 收取信件可以免去登录网页的繁琐操作，在选定了用户之后，单击工具栏上的"收取"按钮，即能完成收信任务。图 3-39 是收取信件的进度窗口。

收完信件之后，单击账户下面的"收件箱"，就可以看到信件了，如图 3-40 所示。

图 3-37 附件已被添加到"写邮件"窗口

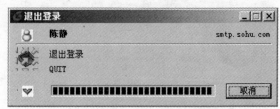

图 3-38 正在发送邮件

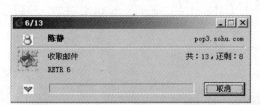

图 3-39 收取信件的进度窗口

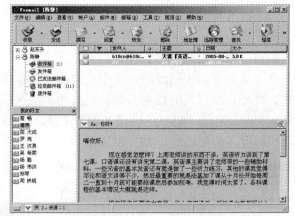

图 3-40 收件箱窗口

拨号上网用户可以设置 Foxmail 自动连接网络收发邮件。选择"选项"→"系统设置"命令，在弹出的"设置"对话框中打开"网络"选项卡，然后选择"自动拨号上网"、"收发邮件后自动断线"，这样可以使 Foxmail 在完成任务后自动断开与网络的连接。在"设置"对话框中，打开"常规"选项卡，然后选中"系统启动时，自动运行 Foxmail"复选框，这样就可以开机时自动上网收发邮件了。

（4）邮箱的远程管理

当接收邮件的时候，可能会接收到一些垃圾邮件或带有病毒的邮件，这是不希望看到的，通过 Foxmail 提供的远程邮箱管理，可以选择下载邮件、删除服务器上的邮件等。

单击 Foxmail 工具栏上的"远程管理"按钮，在登录的窗口消失后，如图 3-41 所示，可以看到"远程邮箱管理"窗口。单击工具栏上的"新信息"按钮，可以看到右边的窗口上列出了当前服务器上的信件，如图 3-42 所示，这些信件都还没有下载到计算机上。

在该窗口上，可以方便地对远在服务器上的邮件进行操作，如删除、收取后再删除，免去了浏览服务器网页的烦恼。

提示：单击"新信息"按钮就可以刷新服务器上的信息。

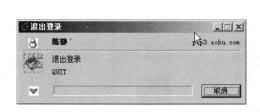

图 3-41　远程邮箱登录结束　　　　　　　　　图 3-42　"远程邮箱管理"窗口

<h1 style="text-align:center">实训 3.5　常用 Internet 工具的使用</h1>

实训任务

掌握各种常用网络工具软件的使用技巧。

实训目的

- 学会使用 FlashGet 下载文件。
- 学会使用 BitComet 下载数据。
- 学会使用 QQ 联络通信。

实训内容和步骤

1. 下载并使用 FlashGet

FlashGet——全球最多人使用的下载工具。使用 FlashGet 能高速、安全、便捷地下载电影、音乐、游戏、视频、软件、图片等，它可以支持多种资源格式。

FlashGet 采用基于业界领先的 MHT 下载技术，给用户带来超高速的下载体验。全球首创 SDT 插件预警技术充分确保安全下载。兼容 BT 和传统下载（如 HTTP、FTP 下载等）等多种下载方式，更能让用户充分享受互联网海量下载的乐趣。

FlashGet 是互联网上最流行、使用人数最多的一款下载软件。采用多服务器超线程技术、全面支持多种协议，具有优秀的文件管理功能。FlashGet 是绿色软件，无广告、完全免费。

（1）打开 IE 浏览器，在地址栏中输入网址 http://www.flashget.com，打开快车主页，如图 3-43 所示。

（2）单击"立即下载"按钮，下载 FlashGet 软件，并保存至本地硬盘中。

（3）双击 FlashGet 安装文件，并根据向导的提示进行安装。

（4）打开比特彗星主页 http://www.bitcomet.com，并用 FlashGet 下载 BitComet。

2. 使用 BitComet

BitComet 是一个完全免费的 BitTorrent（BT）下载管理软件，也称 BT 下载客户端，它也是一个集 BT/HTTP/FTP 为一体的下载管理器。BitComet 拥有多项领先的 BT 下载技术，如独

有的边下载边播放的技术。最新版又将 BT 技术应用到了普通的 HTTP/FTP 下载，可以通过 BT
技术加速普通下载。

图 3-43　快车主页

（1）启动 BitComet，单击工具栏上的"收藏"按钮，打开收藏频道，双击某个 BT 发布站
点，如 BT@China，打开其主页。

（2）选择要下载的文件，单击链接，设置保存路径后进行下载。

3．QQ 的使用

（1）打开 IE 浏览器，在地址栏中输入网址 http://www.qq.com，打开如图 3-44 所示的腾讯
软件中心主页找到 QQ 的下载链接并用 FlashGet 进行下载。

（2）安装 QQ，并根据向导的提示申请免费 QQ 号码。

（3）将老师或同学的账号添加为好友，并向对方发送消息并传送文件。

图 3-44　腾讯软件中心主页

实训 3.6　常用杀毒软件的设置与使用

实训任务

学习常用杀毒软件的设置与使用方法。

实训目的

● 掌握瑞星杀毒软件的使用方法。
● 掌握瑞星杀毒软件的各种设置方法。

实训内容和步骤

2011 版瑞星杀毒软件在反病毒引擎方面取得了重大突破。经过多年的技术积累，瑞星公司自主研发了新一代高性能的反病毒虚拟机，新的反病毒虚拟机采用分时虚拟化技术（Time-Sharing Virtualization Technology）。分时虚拟化技术从正在运行的程序当中切分一部分时间片用于执行虚拟环境中的指令，使得虚拟机指令执行速度与真实执行的速度相当。围绕着新一代的高性能反病毒虚拟机，瑞星公司重新打造了全新的杀毒引擎。新的杀毒引擎与 2010 版瑞星杀毒软件的病毒引擎相比，在扫描速度方面提高了 2~3 倍，并且在未知木马检测能力、脱壳能力方面也有了很大程度的提高。

2011 版瑞星杀毒软件在病毒防御方面也进行了功能与性能上的改进，针对近年来流行的木马、蠕虫、后门等病毒，增加了能够有效阻断入侵的防御功能。

● U 盘防护。当接入 U 盘、移动硬盘、智能手机等移动设备时，瑞星将阻止这些设备中的自动运行程序，并且可以根据用户定制的策略对这些设备中的文件进行扫描。

● 木马防御。在操作系统内核设置检查点，运用瑞星动态行为分析技术以及瑞星反病毒引擎的启发式扫描技术，对活动程序已经产生的行为和即将产生的行为组合分析，拦截未知木马、蠕虫、后门等病毒。

● 浏览器防护。在用户上网时，瑞星将主动对 IE、Firefox 等浏览器进行内核加固，同时针对网页中的脚本进行分析，实时阻断各种未知木马、蠕虫、后门等病毒利用浏览器漏洞入侵电脑。

● 办公软件防护。当使用 Office、WPS 等办公软件时，瑞星将主动对这些软件进行加固，实时阻断各种未知木马、蠕虫、后门等病毒利用办公软件漏洞入侵电脑。

2011 版瑞星杀毒软件不仅给电脑带来更加完善的安全保护，同时不会过多地占用电脑资源。使用 2011 版瑞星杀毒软件会给用户带来更安全、更流畅的感觉。

1. 网络设置

在通过网络进行软件升级之前，需要进行网络设置，具体方法如下。

（1）打开瑞星杀毒软件主程序，依次单击"设置"→"升级设置"→"网络设置"命令。

（2）在弹出的"网络设置"窗口中选择使用的上网方式。

（3）单击"确定"保存设置。

"网络设置"的默认值为"使用 Internet Explorer 的设置连接网络"，如图 3-45 所示。如果进行"网络设置"前，已经可以使用 Internet Explorer 浏览器浏览网页，则使用该默认设置即可。

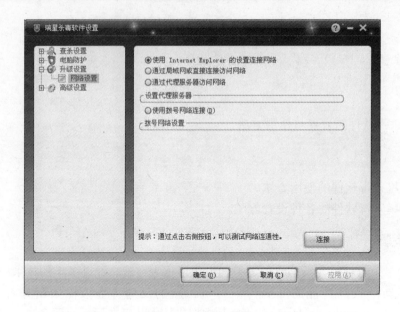

图 3-45　网络设置

　　设置完成后，就可以通过单击瑞星杀毒软件主程序界面中的"软件升级"按钮进行升级了。也可以单击"连接"按钮，以测试网络的连通性。

　　注意：当电脑上没有安装拨号适配器的时候，网络设置窗口将没有"使用拨号网络连接"的相关内容。

　　2.查杀病毒

　　瑞星杀毒软件为用户提供了多种方便快捷的查杀选择，包括快速查杀、全盘查杀和自定义查杀，如图 3-46 所示。在查杀结果病毒列表中，每个文件名前面都有表示病毒类型的图标。

图 3-46　瑞星杀毒的方式

　　1）快速查杀

　　快速查杀会扫描电脑中特种未知木马、后门、蠕虫等病毒易于存在的系统位置，如内存等关键区域，查杀速度快，效率高。通常利用快速查杀就可以杀掉大多数病毒，防止病毒发作。

快速查杀的具体操作方法如下。

（1）打开瑞星杀毒软件主程序界面，单击"杀毒"标签页。

（2）单击"快速查杀"图标按钮，则开始查杀相应目标。扫描过程中可随时单击"暂停查杀"按钮暂时停止查杀病毒，单击"恢复查杀"按钮则继续查杀，或单击"停止查杀"按钮停止查杀病毒。查杀病毒过程中，将显示已扫描对象（文件）数、平均扫描速度和扫描进度等信息。如果发现病毒或可疑文件，则将分别在"病毒"和"可疑文件"页面显示相关信息，包括文件名、病毒名、处理结果和路径。在每个文件名前面都有表示病毒类型的图标。

（3）查杀结束后，扫描结果将自动保存到杀毒软件的日志中，可以通过"查看日志"功能来查看以往的查杀病毒记录。

2）全盘查杀

全盘查杀会扫描电脑的系统关键区域以及所有磁盘，全面清除特种未知木马、后门、蠕虫等病毒。

全盘查杀的具体操作方法如下。

（1）打开瑞星杀毒软件主程序界面，单击"杀毒"选项。

（2）单击"全盘查杀"图标按钮，则开始查杀相应目标。扫描过程中也可以暂停/恢复查杀、停止查杀。如果发现病毒也可以看到病毒的相关信息。

（3）查杀结束后，扫描结果将自动保存到杀毒软件的日志中，可以通过"查看日志"功能来查看以往的查杀病毒记录。

3）自定义查杀

自定义查杀会扫描用户指定的范围。用户可以根据需要确定查杀目标后进行病毒查杀，适用于有一定电脑安全知识的用户。

自定义查杀的具体操作方法如下：

（1）打开瑞星杀毒软件主程序界面，单击"杀毒"选项。

（2）单击"自定义查杀"图标按钮，选择查杀目标，则开始查杀相应目标。查杀过程中也可以暂停/恢复查杀或停止查杀。当发现病毒可疑文件时，也可以查看具体信息。

（3）查杀结束后，扫描结果将自动保存到杀毒软件的日志中，可以通过"查看日志"功能来查看以往的查杀病毒记录。

（4）如果想继续查杀其他文件、目录或磁盘，单击"返回"按钮，重复第二步即可。

3. 查杀病毒设置

图 3-47 所示的"设置"对话框综合显示了查杀功能的总体概况，其中包括【快速查杀】、【全盘查杀】和【自定义查杀】的功能介绍及当前各查杀引擎的级别。

在如图 3-48 所示的快速查杀设置界面，可以根据用户的实际需求，对杀毒引擎级别、发现病毒后处理方式、扫描范围和扫描计划等进行设置。当然，也可以通过单击"自定义"按钮，在弹出的对话框中对杀毒引擎级别中的各安全项单独进行设置。如果想要恢复瑞星杀毒软件的默认杀毒引擎级别设置，可以单击"默认级别"按钮。

快速查杀设置界面包含以下选项：

（1）操作处理：

● 发现病毒后处理方式：【自动杀毒】和【手动杀毒】。

● 杀毒结束后：【显示杀毒结果】、【关闭主程序】、【重启电脑】和【关机】。

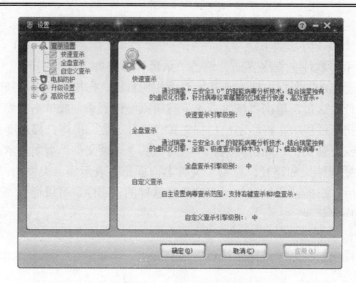

图 3-47 "设置"对话框

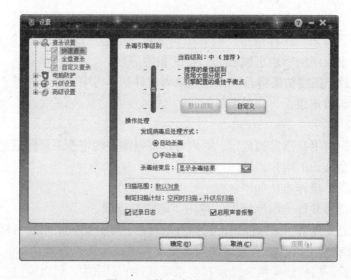

图 3-48 快速查杀设置界面

（2）记录日志：勾选此项后，当用户使用快速查杀时，程序将会记录日志信息。

（3）启用声音报警：勾选此项后，当快速查杀发现病毒时会发出报警提示。

设置完成后，单击"应用"或"确定"按钮保存全部设置，以后程序在扫描时即根据此级别的相应参数进行病毒扫描。

全盘查杀和自定义查杀的设置方式与此类似。

4．病毒类型识别

在查杀过程中，如果瑞星杀毒软件发现病毒，会在查杀界面下方的【病毒】子页中详细地列出病毒所在的文件名、病毒名、处理结果和路径。且在每个文件名称前面都有相应标明病毒类型的图标，各图标的含义如图 3-49 所示。

在"病毒"子页中，用鼠标右键单击某项，选择"病毒信息"，可连接到瑞星反病毒资讯网了解此病毒的病毒分类、传播途径、行为类型以及相应的解决方案等详细信息。

	未知病毒		引导区病毒		未知宏病毒
	Dos 下的 com 病毒		Windows 下的 le 病毒		未知脚本病毒
	Dos 下的 exe 病毒		普通型病毒		未知邮件病毒
	Windows 下的 pe 病毒		Unix 下的 elf 文件病毒		未知 Windows 病毒
	Windows 下的 ne 病毒		邮件病毒		未知 Dos 病毒
	内存病毒		软盘引导区病毒		未知引导区病毒
	宏病毒		硬盘主引导记录病毒		
	脚本病毒		硬盘系统引导区病毒		

图 3-49　图标的含义

5．电脑防护

电脑防护基于瑞星"智能云安全"的三层防御架构，使用传统监控和智能主动防御功能，全面保护电脑的安全。

瑞星电脑防护由"文件监控"、"邮件监控"、"U 盘防护"、"木马防御"、"浏览器防护"、"办公软件防护"和"系统内核加固"七大功能组成。

打开瑞星杀毒软件主程序界面，单击打开"电脑防护"标签页，用户可以"开启"/"关闭"智能主动防御相关功能以及对各项功能进行"设置"，如图 3-50 所示。下面只介绍 U 盘的防护设置。

（1）U 盘防护

当用户插入 U 盘、移动硬盘、智能手机等移动设备时，瑞星将自动拦截和查杀特种未知木马、后门、蠕虫等病毒。

图 3-50　"电脑防护"标签页

U 盘防护包括三项子功能：

- 阻止 U 盘病毒自动运行，阻止 explorer.exe 访问 autorun.inf 文件，加载病毒文件。
- 阻止创建 autorun.inf 文件，阻止应用程序在移动存储设备上创建自运行程序所需的 autorun.inf 文件。
- U 盘接入时扫描，可以设置接入移动存储设备时的扫描方式，可以设置为"询问我"、"自动扫描"或"不扫描"。

当有程序触发 U 盘防护时，会出现如图 3-51 所示的提示对话框。

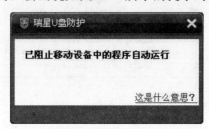

图 3-51　U 盘防护提示

（2）U 盘防护设置

U 盘防护设置页面为用户提供自动阻止设置和接入时扫描设置等。

打开瑞星杀毒软件主程序界面，依次单击"设置"→"电脑防护"→"U 盘防护"，在对话框的右侧显示 U 盘防护的各项设置，如图 3-52 所示，用户可以根据需要进行设置。

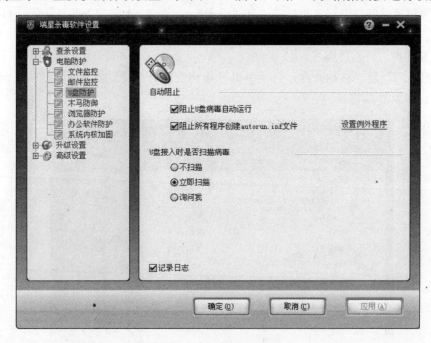

图 3-52　U 盘防护的设置

常规设置中各选项的含义如下：

- 阻止 U 盘病毒自动运行：可以勾选此项阻止 U 盘上的可疑程序自动运行。
- 阻止所有程序创建 autorun.inf 文件：可以勾选此项阻止在 U 盘上创建 autorun.inf 文件。

如果需要让某些程序能够创建该文件，可以单击"排除文件"按钮，将这些程序添加到排除文件中。

● U 盘接入时是否扫描病毒：可以选择"询问我"、"自动扫描"或"不扫描"三种扫描方式。

设置"开启/关闭" U 盘防护功能的步骤如下：

打开瑞星杀毒软件主程序界面，单击打开"电脑防护"标签页，选中 U 盘防护，单击"开启"或"关闭"按钮完成该功能的打开或关闭。同时，可以单击"设置"按钮，到功能设置页面进行详细设置。

如果需要使用"开机启用" U 盘防护功能，可按如下步骤操作：

用户对本功能运行状态的设置会自动保存，重新启动电脑后自动恢复到最后设置的运行状态。若需"开机启用"本功能，在关机前保持本功能状态为"开启"。

第 4 章　Word 文档的制作

实训 4.1　Word 文档的版面设置和排版

实训任务

创建新的 Word 文档，并输入以下文字内容，以"班级-学号-第 4 章-No"为文件名存盘。

唐三彩

唐三彩是中国唐代的一种彩陶工艺品。它是继青瓷之后出现的一种彩陶，主要由黄、绿、白三色釉彩涂胎，故称唐三彩。也有二彩、四彩的，但总称唐三彩。它是在继承汉代绿、褐釉陶器的基础上发展起来的，是中国制陶技术发展的高峰，当时就闻名中外。

唐三彩产品中三彩骆驼最具代表性。常见的出土唐三彩产品有三彩马、骆驼、仕女、龙头杯、乐伎俑、枕头等。尤其是三彩骆驼，背载丝绸或驮乐队，仰首嘶鸣，那赤髯碧眼的牵驼俑，身穿窄袖衫，头戴翻檐帽，再现了中亚胡人的生活形象，使人回忆起当年骆驼叮当漫步在"丝绸之路"上的情景。

唐三彩的生产已有 1300 多年的历史。它吸取了中国国画、雕塑等工艺美术的特点，采用堆贴、刻划等形式的装饰图案，线条粗犷有力，在陶坯上涂上的彩釉，在烘制过程中发生化学变化，自然垂流，相互渗化，色彩自然协调，花纹流畅，是一种具有中国独特风格的传统工艺品。

唐三彩诞生于丧葬礼仪。唐三彩是在中国唐代贵族文化的最盛期（公元八世纪）专为贵族葬礼特制的一种彩陶。在唐代只存在一个短时期，所以现在发现的唐三彩成为稀世之珍。它以造型生动逼真、色泽艳丽和富有生活气息而著称。

目前，我国西安、洛阳等城市生产的唐三彩，光辉夺目，栩栩如生，是旅游工艺品中的灿烂明珠。

实训目的

- 掌握 Word 的基本录入和编辑操作。
- 掌握文档字符格式化的设置方式。
- 掌握文档段落格式化的设置方式。
- 掌握格式刷的使用方法。
- 掌握如何对文档进行项目符号和编号的设置。
- 掌握文章分栏的方法。
- 掌握如何设置文章首字下沉。
- 掌握如何对文档进行页面设置。

实训内容和步骤

（1）新建文档，录入文字并保存文件。

在 Word 中新建文档后，录入上面的文本，选择"文件"→"另存为"命令，在打开的"另存为"对话框中，选择"工具"→"保存选项"命令，设置自动保存间隔时间为 6 分钟。

（2）编辑文档。

① 利用剪切粘贴命令将最后一段文本移动到第一段的前面，作为文章的第一段。

② 将除标题和第一段外的 4 个段落第一句话都上提一段，形成三个自然段的小标题。

③ 选定全文，选择"编辑"→"替换"命令，如图 4-1 所示，打开"查找和替换"对话框，选择"替换"选项，如图 4-2 所示。在"查找内容"文本框中输入"唐三彩"，再在"替换为"框中输入"唐三彩"，然后单击【高级】按钮，打开如图 4-3 所示的"替换"选项卡的高级选项。单击【格式】按钮，在下拉菜单中选择"字体"命令，设置字体为红色及加粗样式，于是可将全文除标题以外所有的默认"唐三彩"替换成红色、加粗的字体样式。

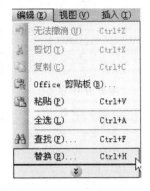

图 4-1　"编辑"菜单

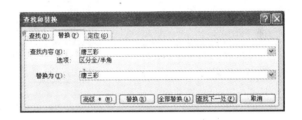

图 4-2　"替换"选项卡

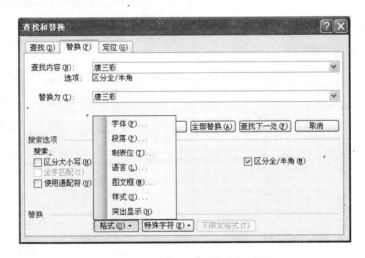

图 4-3　"替换"选项卡高级选项

（3）格式化文档。

① 选定标题文本，选择"格式"→"字体"命令，如图 4-4 所示，打开如图 4-5 所示的"字体"对话框。将标题文本设置为楷体、小二、加粗，字符间距加宽 5 磅。再选择"格式"→"段落"命令，如图 4-6 所示，打开"段落"对话框，将标题设置为居中对齐，段前 6 磅，段后 12 磅，如图 4-7 所示。

② 选定第一个小标题，选择"格式"→"字体"命令，将其设置为楷体、加粗、斜体、下划线，再利用"格式"→"段落"命令，将其设置段前 0.5 行、段后 1 行。然后选定修改好

样式的小标题，双击"常用"工具栏的"格式刷"按钮，如图 4-8 所示。分别选定其他两个小标题，复制格式，如图 4-9 所示。

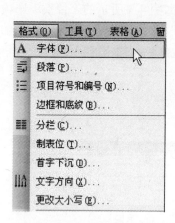

图 4-4　"字体"命令

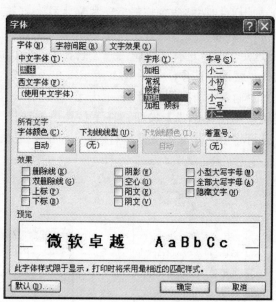

图 4-5　"字体"对话框

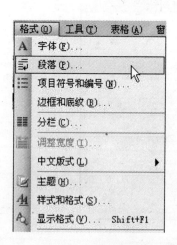

图 4-6　"段落"命令

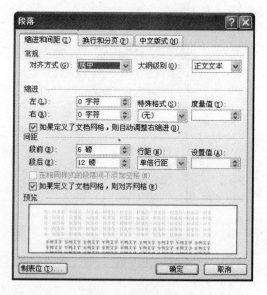

图 4-7　"段落"对话框

图 4-8　"格式刷"按钮

唐三彩是中国唐代的一种彩陶工艺品。

它是继青瓷之后出现的一种彩陶，主要由黄

彩涂胎，故称唐三彩。也有二彩、四彩的，但总

图 4-9　　复制样式

③ 选择"格式"→"项目符号和编号"命令，如图 4-10 所示，打开如图 4-11 所示的"项目符号和编号"对话框。选择添加合适的项目符号，然后利用格式刷给其他两个小标题添加项目符号和编号。

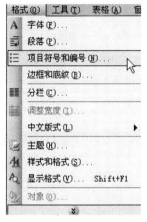
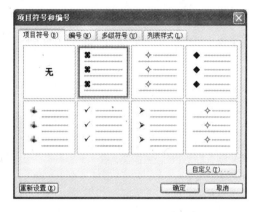

图 4-10　"项目符号和编号"命令　　　　　图 4-11　"项目符号和编号"对话框

④ 选定三个段落的文本，选择"格式"→"段落"命令，设置首行缩进 2 个字符，1.5 倍行距。

⑤ 选定第二段正文，选择"格式"→"分栏"命令，如图 4-12 所示，打开"分栏"对话框，将正文第二段分为两栏，加上分栏线，如图 4-13 所示。

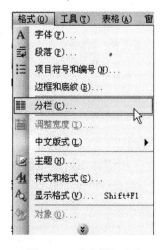
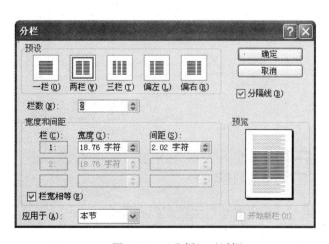

图 4-12　"分栏"命令　　　　　　　　图 4-13　"分栏"对话框

⑥ 选定第一段第一个字，选择"格式"→"首字下沉"命令，如图 4-14 所示，打开如图 4-15 所示的"首字下沉"对话框，选择字体为"隶书"，"下沉行数"设为 2 行。

⑦ 选择"文件"→"页面设置"命令，如图 4-16 所示，打开"页面设置"对话框，将"纸张大小"设置为 16 开，如图 4-17 所示。

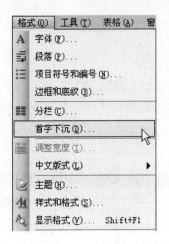

图 4-14 "首字下沉"命令

图 4-15 "首字下沉"对话框

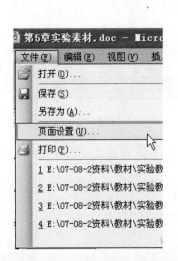

图 4-16 "页面设置"命令

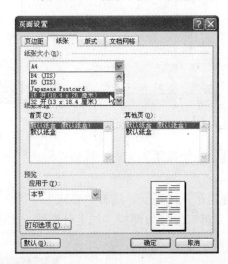

图 4-17 "页面设置"对话框

最终设置的效果如下所示。

唐 三 彩

目前，我国西安、洛阳等城市生产的**唐三彩**，光辉夺目，栩栩如生，是旅游工艺品中的灿烂明珠。

❀ *唐三彩是中国唐代的一种彩陶工艺品。*

它是继青瓷之后出现的一种彩陶，主要由黄、绿、白三色釉彩涂胎，故称唐三彩。也有二彩、四彩的，但总称唐三彩。它是在继承汉代绿、褐釉陶器的基础上发展起来的，是中国制陶技术发展的高峰，当时就闻名中外。

⌘ *唐三彩产品中三彩骆驼最具代表性。*

　　常见的出土唐三彩产品有三彩马、骆驼、仕女、龙头杯、乐伎俑、枕头等。尤其是三彩骆驼，背载丝绸或驮乐队，仰首嘶鸣，那赤髯碧眼的牵驼俑，身穿窄袖衫，头戴翻檐帽，再现了中亚胡人的生活形象，使人回忆起当年骆驼叮当漫步在"丝绸之路"上的情景。

⌘ *唐三彩的生产已有1300多年的历史。*

　　它吸取了中国国画、雕塑等工艺美术的特点，采用堆贴、刻划等形式的装饰图案，线条粗犷有力，在陶坯上涂上的彩釉，在烘制过程中发生化学变化，自然垂流，相互渗化，色彩自然协调，花纹流畅，是一种具有中国独特风格的传统工艺品。

⌘ *唐三彩诞生于丧葬礼仪。*

　　唐三彩是在中国唐代贵族文化的最盛期（公元八世纪）专为贵族葬礼特制的一种彩陶。在唐代只存在一个短时期，所以现在发现的唐三彩成为稀世之珍。它以造型生动逼真，色泽艳丽和富有生活气息而著称。

实训 4.2　制　作　表　格

实训任务

　　创建如图 4-18 所示的表格样例，并进行格式化设置，以"班级-学号-第 4 章-No"为文件名存盘。

旅 差 费 报 销 单

报销单位		姓名		职别		级别		出差地	
出差事由		日期	自　　年　　月　　日到　　年　　月　　日 共　　天						
	交通工具				住宿费	伙食补贴	其他		
项目金额	飞机	火车	轮船	汽车	天				
总计金额（大写）：									
详细路线及票价									
主管人		出差人		经手人					

图 4-18　表格样例

实训目的

- 掌握表格创建的方法。
- 掌握编辑表格（包括合并与拆分单元格、平均分布行与列、调整表格列宽、行高等）的方法。
- 掌握修饰表格（边框与底纹设置）的方法。

实训内容和步骤

（1）新建文档。输入图 4-18 所示的表格的标题。

（2）绘制表格。

① 选择"表格"→"插入"→"表格"命令，如图 4-19 所示，在打开的"插入表格"对话框中将"表格尺寸"设置为 8 行 10 列，如图 4-20 所示。

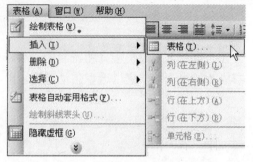
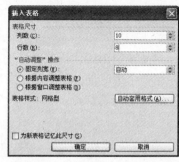

图 4-19　选择【表格】命令　　　　　　　　图 4-20　"插入表格"对话框

② 单击"常用"工具栏上的"表格边框"按钮，弹出"表格和边框"工具栏，如图 4-21 所示。选中需要合并的单元格，如第 3 行 2～5 列，第 7 行 1～10 列等，单击工具栏中的"合并单元格"按钮，如图 4-22 所示，得到如图 4-23 所示效果。

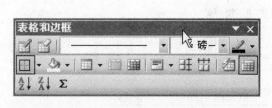
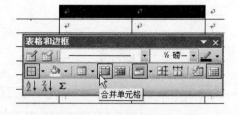

图 4-21　"表格和边框"工具栏　　　　　　图 4-22　【合并单元格】按钮

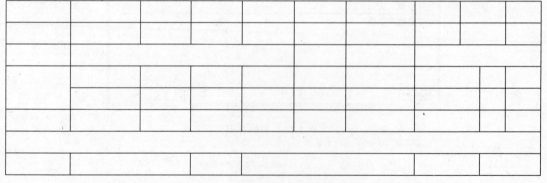

图 4-23　合并部分单元格后的效果

③ 在单元格中输入相关文本，并拖动表格框线调整表格的大小。

④ 选中整个表格，选择"格式"→"边框和底纹"命令，如图 4-24 所示，打开如图 4-25 所示的"边框和底纹"对话框，可以对表格进行格式化的设置。或选择"表格"→"自动套用表格"命令进行修饰。

图 4-24　"边框和底纹"命令　　　　　　　图 4-25　"边框和底纹"对话框

实训 4.3　图 文 混 排

实训任务

1. 对 Word 文档进行图文混排及长文档的相关设置。

2. 给文档设置页眉页脚。设置页眉左边为文章标题，右边是页码。完成后以"班级-学号-第 4 章-No"为文件名存盘。

东方之珠：香港

第 29 届奥运会火炬传递于 2008 年 5 月 2 日在中国香港举行，120 名火炬手以跑步或利用车辆、龙舟和船只等交通工具传递奥运圣火，途经港岛、九龙和新界各区，借此宣扬奥运精神，并向全世界展示香港独特的气质和优美的景色。作为中国特别行政区的香港，是国际贸易中心之一，同时也是东亚地区的枢纽。香港属于亚热带气候，年平均气温在 23℃左右，夏季炎热潮湿。香港的迪斯尼乐园和海洋公园，是人们放松心情的大好去处；香港还是著名的"美食之都"，各类中西餐馆超过一万家；香港更享有"购物天堂"的美誉。

1. 香港概况

香港的全称是中华人民共和国香港特别行政区（Hong Kong Special Administrative Region of the People's Republic of China，HKSAR），香港自秦朝起明确成为中原领土，直至 19 世纪中叶清朝对外战败，领域分批被割让及租借予英国，成为殖民地，香港从而开通港口发展。20 世纪 80 年代，中英两国落实香港前途问题，于 1984 年签订《中英联合声明》，决定 1997 年 7

月 1 日中华人民共和国对香港恢复行使主权。中方承诺在香港实行一国两制，香港将保持资本主义制度和原有的生活方式，并可享受外交及国防以外所有事务的高度自治权，也就是"港人治港，高度自治"。

2. 香港区旗与区徽

2.1 香港区旗

香港特别行政区区旗以红色作底色，红白两色象征一国两制，中央有一朵五星花蕊的白色洋紫荆花图案。洋紫荆是香港的象征，盛放的洋紫荆象征着香港的繁荣，红色的背景象征着香港永远背靠祖国。

2.2 香港区徽

香港区徽是代表香港的徽章。区徽模仿香港区旗的设计，内圆有一朵白色洋紫荆花，红色底色。外圈为白底红字，写有繁体中文"中华人民共和国香港特别行政区"及英文 HONG KONG（香港）。

3. 地理环境

3.1 地理概况

香港位于东经 114° 15′，北纬 22° 15′，地处华南沿岸，在中国广东省珠江口以东，由香港岛、九龙半岛、新界内陆地区及 262 个大小岛屿（离岛）组成。香港北接广东省深圳市，南面是广东省珠海市万山群岛。香港与西边的澳门隔江相对，相距 61 千米，北距广州 130 千米，距上海 1200 千米。

3.2 气候概况

香港属亚热带气候，夏天炎热且潮湿，温度约在 26～30℃之间；冬天凉爽而干燥，但很少会降至 5℃以下。5 月至 9 月间多雨，有时雨势颇大。夏秋之间，时有台风吹袭，7 月至 9 月是香港的台风较多的季节。

4. 香港的经济

4.1 主要国际贸易中心

香港是全球第十一大贸易经济体系、第六大外汇市场及第十五大银行中心。香港股票市场规模之大，在亚洲排名第二。香港也是成衣、钟表、玩具、游戏、电子和某些轻工业产品的主要出口地，出口总值位列全球高位。

4.2 香港运输

4.2.1 机场

香港是主要的国际和区域航空中心。香港国际机场是世界上最繁忙的机场之一。全球各大航空公司都有航班飞往香港。现在，每周大约有 4900 班定期客运航班及 700 班货运航班从香港飞往全球 139 个城市。机场全面扩建后，每年将可处理旅客 8700 万人次和货物 900 万吨。

4.2.2 港口

2005 年，香港港口共处理了 2260 万个 20 长的标准货柜单位，是全球第二大货柜港。坐落于葵涌和青衣的九个货柜码头，分别由五家营运商负责管理，总面积达 270 公顷，共设有 24 个泊位，临海地界总长 8530 米。葵涌至青衣港池水深达 15.5 米，九个货柜码头每年可共处理逾 1800 万个 20 长的标准货柜单位。在 2005 年，抵港的远洋轮船及内河商船分别约有 39 140 艘次和 192 680 艘次，共处理货物 2.301 亿吨和运载旅客 2150 万人次。

实训目的

- 掌握在文档中使用图片（插入图片、调整大小、设置环绕等）的方法。
- 掌握在文档中使用艺术字（插入艺术字、调整大小、对齐、环绕）的方法。
- 掌握在文档中使用文本框（插入文本框、设置环绕）的方法。
- 掌握在文档中插入、修改页眉页脚的方法。
- 掌握在文档中插入各种引用的方法。

实训内容和步骤

（1）新建文档并输入"实训任务"部分的文本。

（2）设置艺术字。选中文章标题，选择"插入"→"图片"→"艺术字"命令，如图 4-26 所示。在打开的"艺术字库"对话框中，选择一种艺术字效果，如图 4-27 所示，单击【格式】工具栏中的【居中】按钮，将其居中对齐。

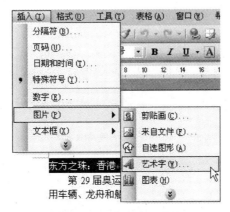

图 4-26　"艺术字"命令

图 4-27　"艺术字库"对话框

（3）插入文本框。选择"插入"→"文本框"→"横排"命令，如图 4-28 所示。在正文第一段左边插入一个文本框，输入文本"第一部分：简介"，设置为宋体、加粗、三号，鼠标右键单击文本框，在弹出的快捷菜单中选择"设置文本框格式"命令，如图 4-29 所示，打开"设置文本框格式"对话框，将文本框边框设置为深蓝色，底纹设置为浅青色，如图 4-30 所示。

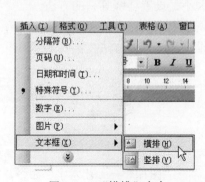

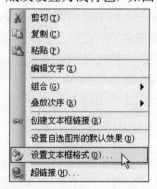

图 4-28 "横排"命令   图 4-29 "设置文本框格式"命令

图 4-30 "设置文本框格式"对话框

（4）设置文本框版式。鼠标右键单击文本框外的绘图画布，在弹出的快捷菜单中选择"设置绘图画布格式"命令，如图 4-31 所示。在打开的"设置绘图画布格式"对话框的"版式"选项卡中选择"四周型"，单击"确定"按钮，如图 4-32 所示。

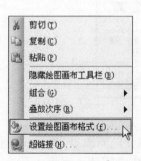

图 4-31 右击绘图画布弹出的快捷菜单   图 4-32 "设置绘图画布格式"对话框

（5）设置标题样式。选择"视图"→"任务窗格"命令，在窗口右边的任务窗格下拉菜单中选择"样式和格式"任务窗格，如图 4-33 所示。选定一级小标题后，单击"样式和格式"任务窗格中的"标题 1"样式，可在"标题 1"旁下拉菜单中选择"修改"命令（见图 4-34），打开"修改样式"对话框，设置合适的标题样式，如图 4-35 所示。然后利用"常用"工具栏上的"格式刷"按钮，将样式复制到其他一级小标题。按同样的方法，利用标题样式设置文章中的二级标题和三级标题。

图 4-33　"样式和格式"任务窗格

图 4-34　"标题 1"样式的下拉菜单

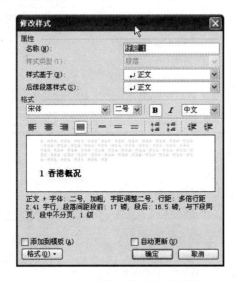

图 4-35　"修改样式"对话框

（6）设置目录。将光标定位在正文前，选择"插入"→"引用"→"索引和目录"命令（见图 4-36），打开"索引和目录"对话框，如图 4-37 所示，单击"确定"按钮给文章增加目录。

（7）插入图片。如图 4-38 所示，选择"插入"→"图片"中的"剪贴画"或者"来自文件"命令，在文章中插入图片。还可以用鼠标右键单击图片，在弹出的快捷菜单中选择"设置图片格式"命令（见图 4-39），打开"设置图片格式"对话框，设置图片在文本中的不同环绕方式，如图 4-40 所示。

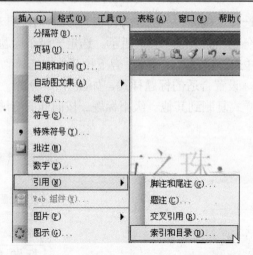

图 4-36　选择"索引和目录"菜单命令

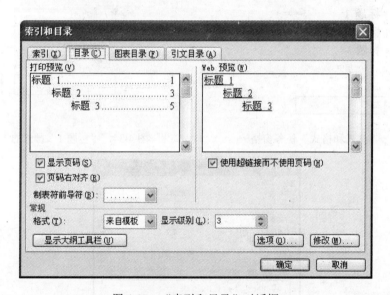

图 4-37　"索引和目录"对话框

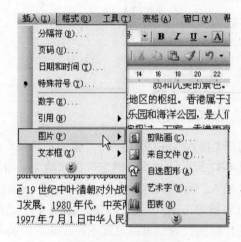

图 4-38　插入图片命令

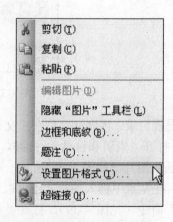

图 4-39　选择"设置图片格式"命令

图 4-40 "设置图片格式"对话框

（8）插入页眉页脚。如图 4-41 所示，选择"视图"→"页眉和页脚"命令，弹出"页眉和页脚"工具栏，如图 4-42 所示。可以选择"插入自动图文集"菜单选项选择样式内容，如图 4-43 所示，最后将文档的页眉设置成左边为文章标题，右边是页码。

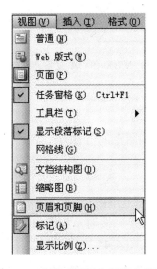

图 4-41 选择"页眉和页脚"命令

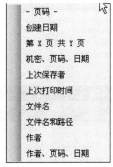

图 4-42 "页眉和页脚"工具栏   图 4-43 "插入'自动图文集'"下拉菜单

实训 4.4　绘 制 图 形

实训任务

新建一个 Word 文档，在同一画布中绘制如图 4-44 所示的设备连接结构图。

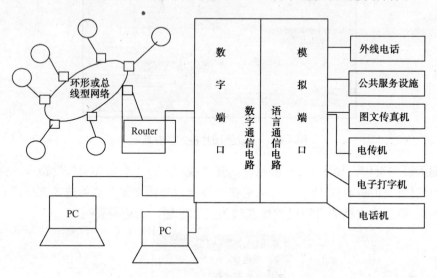

图 4-44　PBX 和 OA 设备连接结构图

实训目的

掌握在文档中使用自选图形绘制图形的方法。

实训内容和步骤

（1）如图 4-45 所示，单击选择"绘图"工具栏中的"矩形"按钮，这时出现绘图画布，拖动鼠标绘制一个矩形。再选择"直线"按钮，如图 4-46 所示，在矩形中间绘制一条直线将矩形分成两部分，分别在矩形中输入图 4-44 中所示的文本。

图 4-45　"矩形"按钮

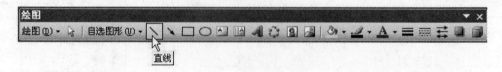

图 4-46　"直线"按钮

（2）在步骤 1 绘制的矩形右侧，选择"插入"→"文本框"→"横排"命令，如图 4-47 所示，依次插入 6 个文本框，并输入相应的文本。按住 Shift 键并依次单击选定所有文本框。单击"绘图"工具栏的"绘图"按钮，选择"对齐或分布"→"左对齐"命令，将文本框对齐，如图 4-48 所示。然后选择"绘图"→"自选图形"→"线条"命令（见图 4-49），或者选择"连接符"命令（见图 4-50），将矩形和 6 个文本框进行连接。

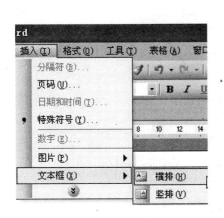

图 4-47　选择"横排"命令

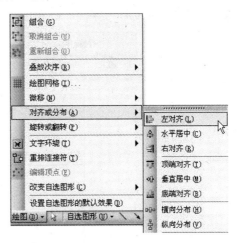

图 4-48　选择"左对齐"命令

图 4-49　选择"线条"命令

图 4-50　选择"连接符"命令

（3）选择"绘图"→"自选图形"→"基本形状"或"线条"等命令在步骤 1 绘制的矩形左侧，绘制样图图案，如图 4-51 所示，并利用文本框在图形上输入文本。

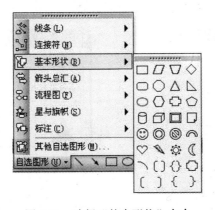

图 4-51　选择"基本形状"命令

实训 4.5　绘制组织结构图

实训任务

新建一个 Word 文档，在同一画布中绘制如图 4-52 所示的功能模块图。

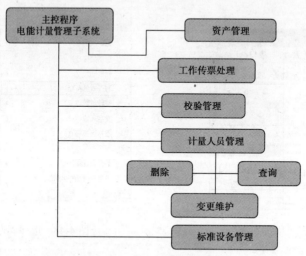

图 4-52　电能计量功能模块图

实训目的

- 掌握在文档中绘制组织结构图的方法。
- 掌握如何对组织结构图进行编辑修改。

实训内容和步骤

（1）如图 4-53 所示，单击"绘图"工具栏的"插入组织结构图或其他图示"按钮，或者选择"插入"→"图示"命令（见图 4-54），打开"图示库"对话框，如图 4-55 所示。

图 4-53　"绘图"工具栏

图 4-54　选择"图示"命令

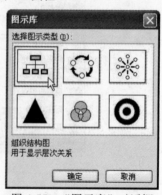

图 4-55　"图示库"对话框

（2）在图示库选择组织结构图类型后，单击"确定"按钮，文档会自动绘制默认的两级结构的组织结构图，如图 4-58 所示。在图框中先输入第一级文本"主控程序电能计量管理子系统"，再在默认的三个二级图框中输入"资产管理"、"工作传票处理"、"校验管理"。

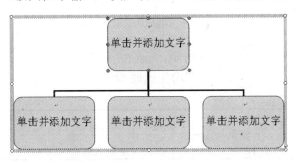

图 4-56　插入默认的组织结构图

（3）选定一个二级图框，单击"组织结构图"工具栏的"插入形状"按钮（见图 4-57），或者鼠标右键单击图框，在右键快捷菜单中选择合适的图框类型（见图 4-58），添加新的图框，并输入文本。

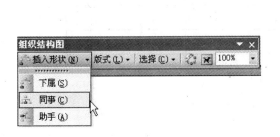

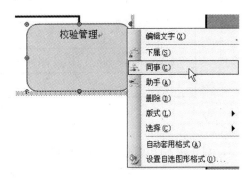

图 4-57　选择图框类型　　　　　　　　图 4-58　在快捷菜单中选择

（4）选定一级图框，单击"组织结构图"工具栏中的"版式"按钮，选择"右悬挂"样式，得到图 4-52 所示的效果。如果需要调整单个图框的大小，则选定图框后，选择自动版式，如图 4-59 所示。

图 4-59　选择版式

实训4.6　邮件合并

实训任务

1. 创建主文档，其内容如图4-60所示。

考生选题单

姓名：

单元	第1题	第2题	第3题	第4题	第5题	第6题
题号						

图4-60　主文档

2. 创建数据源文档，其内容如图4-61所示。

姓名	题1	题2	题3	题4	题5	题6
张三	1	2	1	1	4	4
李四	3	3	2	3	2	2
王五	20	11	16	7	19	11
刘六	3	3	5	2	3	1

图4-61　数据源文档

3. 对主文档和数据源文档进行邮件合并，效果如图4-62所示。

考生选题单

姓名：张三

单元	第1题	第2题	第3题	第4题	第5题	第6题
题号	1	2	1	1	4	4

考生选题单

姓名：李四

单元	第1题	第2题	第3题	第4题	第5题	第6题
题号	3	3	2	3	2	2

考生选题单

姓名：王五

单元	第1题	第2题	第3题	第4题	第5题	第6题
题号	20	11	16	7	19	11

考生选题单

姓名：刘六

单元	第 1 题	第 2 题	第 3 题	第 4 题	第 5 题	第 6 题
题号	3	3	5	2	3	1

图 4-62　考生选题单

4．将 3 个文档存放在以"班级-学号-第 4 章-No"为文件夹名的文件夹中。

实训目的

● 了解邮件合并的作用及基本步骤。
● 掌握邮件合并的方法。

实训内容和步骤

（1）创建主文档，在主文档中绘制出如图 4-60 所示的考生选题单主文档，保存在硬盘上。

（2）创建数据源文档，在数据源文档中绘制出如图 4-61 所示的考生题号数据源文档，保存在硬盘上。

（3）对主文档和数据源文档进行合并。

① 打开主文档，选择"工具"→"信函与邮件"→"邮件合并"命令，如图 4-63 所示，打开"邮件合并"任务窗格。

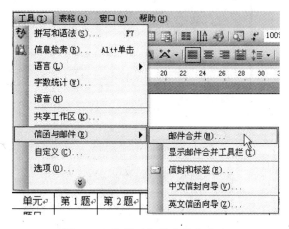

图 4-63　选择"邮件合并"命令

② 进入邮件合并第一步，选择文档类型。要在页面视图显示全部记录，则选择"目录"单选按钮，如图 4-64 所示，确认后，单击"下一步"。

③ 进入合并第二步，选择开始文档。这里选择"使用当前文档"单选钮，如图 4-65 所示，单击"下一步"。

④ 进入向导第三步，选取收件人。选择"使用现有列表"单选按钮（见图 4-66），并单击任务窗格上的"浏览"链接，打开"选取数据源"对话框，如图 4-67 所示。在对话框中找到硬盘上存放的数据源文档，确定后弹出"邮件合并收件人"对话框，如图 4-68 所示，可以进行编辑、选择等操作。

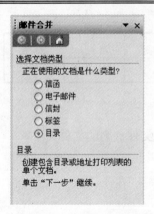

图 4-64　选择文档类型

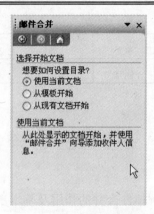

图 4-65　选择开始文档

图 4-66　选择收件人

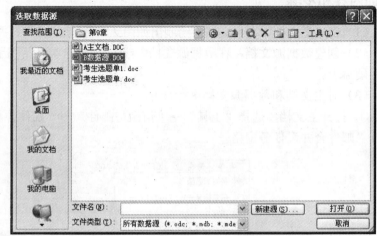

图 4-67　"选取数据源"对话框

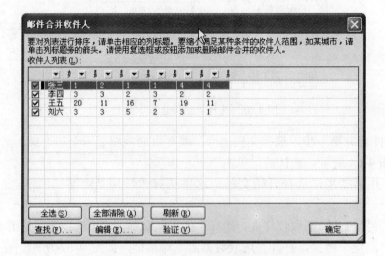

图 4-68　"邮件合并收件人"对话框

⑤ 确定好数据源后，单击下一步，选取目录。任务窗格进入向导第四步，即选取目录，单击"其他项目"链接（见图 4-69），打开"插入合并域"对话框，如图 4-70 所示。选定合并

域后，单击"插入"按钮。当把合并内容添加到主文档后，分别拖放到合适的显示位置，如图 4-71 所示。

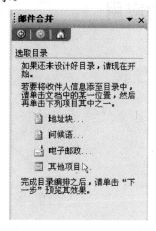

图 4-69　选取目录

图 4-70　"插入合并域"对话框

考生选题单

姓名：《姓名》

单元	第 1 题	第 2 题	第 3 题	第 4 题	第 5 题	第 6 题
题号	《题 1》	《题 2》	《题 3》	《题 4》	《题 5》	《题 6》

图 4-71　把合并域放在主文档中合适的位置

⑥ 单击任务窗格上的预览目录，可查看合并后的样文，如图 4-72 所示。

考生选题单

姓名：张三

单元	第 1 题	第 2 题	第 3 题	第 4 题	第 5 题	第 6 题
题号	1	2	1	1	4	4

图 4-72　合并后的样文

⑦ 单击任务窗格上的完成合并，将数据源文档与主文档合并。再单击"创建新文档"链接（见图 4-73），打开"合并到新文档"对话框，如图 4-74 所示。直接单击"确定"按钮生成目录 1 文档，效果如图 4-62 所示，将该文档以考生选题单为名进行保存。

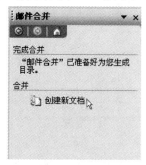

图 4-73　完成合并

图 4-74　"合并到新文档"对话框

⑧ 将主文档、数据源文档、合并后的文档一起存放在文件夹名为"班级-学号-第4章-No"的文件夹中。

第 5 章　电子表格的应用

实训 5.1　制作产品销售表

实训任务

制作产品销售表。

实训目的

- 掌握 Excel 的基本操作。
- 掌握在 Excel 中输入数据的方法。
- 掌握在 Excel 中设置边框底纹的方法。
- 掌握 Excel 中批注的使用方法。
- 掌握 Excel 中重命名页的方法。
- 掌握 Excel 中删除页的方法。
- 掌握 Excel 中保存工作簿的方法。

实训内容和步骤

（1）打开 Excel，在 Sheet1 中输入基本信息，在单元格 A1 中输入"产品销售表"，在单元格区域 A2：K2 中依次输入文字"序号"、"商品代号"等，如图 5-1 所示。

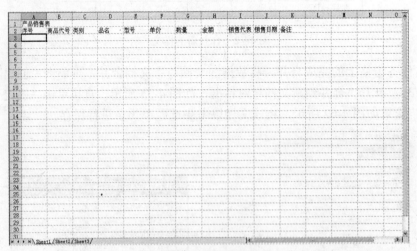

图 5-1　输入标题行

（2）将单元格 A1：K1 合并及居中，字体设置为"黑体"，颜色设置为红色，如图 5-2 所示。

（3）将 A 列到 K 列所有单元格区域都设为"居中"，如图 5-3 所示。

（4）输入每条产品销售信息，即在表格中横向输入，按"Tab"键向右跳格，输入完 K 列"备注"数据后按"Enter"键换行，直到 10 条信息输入完成，如图 5-4 所示。

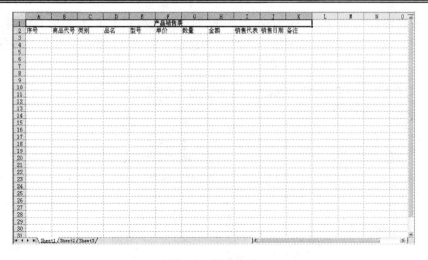

图 5-2　调整表头

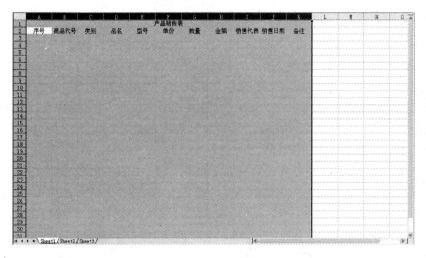

图 5-3　设置居中

A	B	C	D	E	F	G	H	I	J	K	L	M	N	O
				产品销售表										
序号	商品代号	类别	品名	型号	单价	数量	金额	销售代表	销售日期	备注				
00001	FPCXSE002	畅想系列	乙金服务器	T1U	13200	2	26400	刘思琪	2007-1-1					
00002	FPCXNT0001	畅想系列	网络产品	SW02	550	3	1650	宋晓	2007-1-1					
00003	FPKQ0060	办公设备	待电脑考查	FK158	1680	4	6720	徐哲平	2007-11-3					
00004	FPH60082	办公耗材	墨盒	S600	68	3	204	徐哲平	2007-12-4					
00005	FPCXNT001	畅想系列	系列笔记2	X410T	4700	1	4700	张歇	2007-1-5					
00006	FPCXPC000	畅想系列	家用电脑	M2600C	3680	1	3680	张歇	2007-11-6					
00007	FPCXPT0002	畅想系列	打印机	5L	498	3	1494	张歇	2007-1-7					
00008	FPH80090	办公耗材	碳粉	CL46	18	5	90	张歇	2007-5-8					
00009	FPCXNT001	畅想系列	系列笔记2	X520D	7450	3	22350	刘思琪	2007-1-9					
00010	FPCXPC000	畅想系列	家用电脑	S510X	5950	1	5950	刘思琪	2006-5-4					

图 5-4　数据输入完成

（5）调整表格行高和列宽。选择 A 列到 K 列，将光标置于 K 列列标右边界，光标变为 "✛" 时双击，文档将自动设置所选列的宽度为最适合的宽度（即每列中最宽项的宽度），如图 5-5 所示。

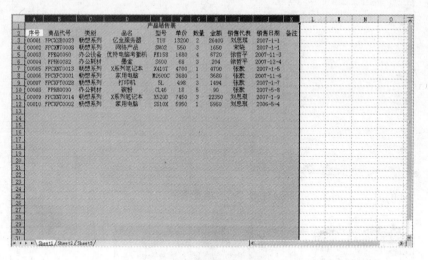

图 5-5　最适合的列宽

（6）选定单元格区域 J3：J12，然后选择"格式"→"单元格"命令。在打开的"单元格格式"对话框中选择"数字"选项，在"分类"列表中选择"日期"，在"区域设置（国家/地区）"下拉列表框中选择"中文（中国）"，在"类型"列表中选择"2001 年 3 月 14 日"，如图 5-6 所示。单击"确定"按钮，返回工作表。

（7）选定列标题行 2，选择"格式"→"单元格"命令。在打开的"单元格格式"对话框中选择"图案"选项，从"颜色"选项中选择"茶色"，如图 5-7 所示。单击"确定"按钮，返回工作表，则已经添加上底纹。

图 5-6　设置数字格式

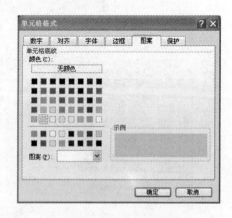

图 5-7　设置单元格图案

（8）选定单元格区域 A3:K12，设置图案"颜色"为"浅黄色"，效果如图 5-8 所示。

（9）选定所有的信息记录（单元格区域 A1:K12），选择"格式"→"单元格"命令。在打开的"单元格格式"对话框中，选择"边框"选项卡。在"线条"的"样式"列表框中，选择第二列倒数第二行的"线条"样式，从"颜色"下拉列表中选择线条颜色为"自动"，然后单击"预置"栏中的"外边框"按钮，为整个表格添加外部边框，从预览草图中可以查看设置效果。在"线条"的"样式"列表框中，选择第一列倒数第一行的"线条"样式，然后单击"预置"中的"内部"按钮，为表格添加内部边框。设置完毕后单击"确定"按钮，返回工作表。此时整个表格已添加上一个外粗内细的边框，如图 5-10 所示。

图 5-8　添加底纹后的效果图

图 5-9　设置边框

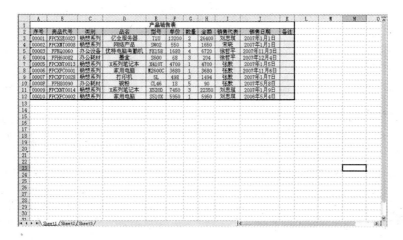

图 5-10　设置好边框后的效果图

（10）选择单元格 F6，选择"插入"→"批注"命令，在单元格边出现一个小方框。在小方框内输入"2007 年 11 月 1 日至 2007 年 12 月 1 日特价"，如图 5-11 所示。

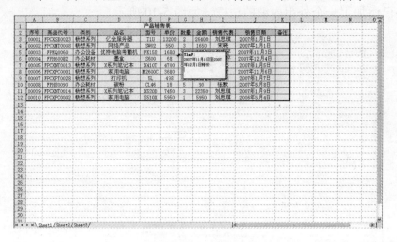

图 5-11　插入批注

（11）选中第一条记录的 C3 单元格，执行菜单栏中的"窗口"→"冻结窗格"命令，效果如图 5-12 所示。

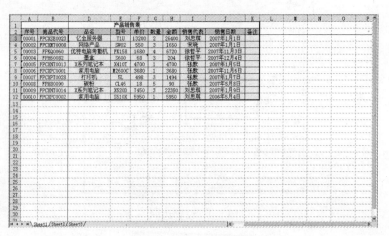

图 5-12　冻结窗格

（12）在 Excel 窗口下面的工作表标签区中，选中要重命名的工作表标签。选择"格式"→"工作表"→"重命名"命令，此时当前工作表标签被选中，如图 5-13 所示。在工作表标签中直接输入新名称，并按回车键确认，就可以重命名工作表了。这里输入"产品销售表"，如图 5-14 所示。

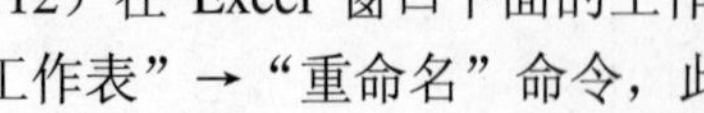

图 5-13　选中工作表标签 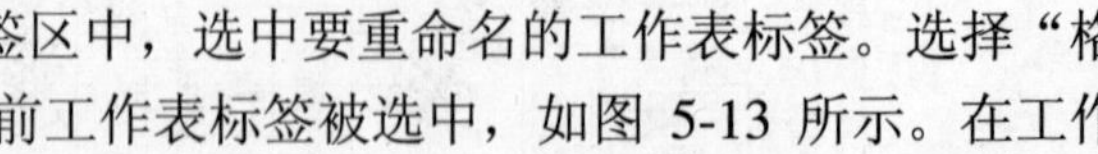　　　　　　　　图 5-14　重命名工作表

图 5-15　删除工作表

（13）在 Excel 窗口下面的工作表标签区中，按住 Ctrl 键单击工作表"Sheet2"和"Sheet3"。执行菜单栏中的"编辑"→"删除工作表"命令，效果如图 5-15 所示。

（14）执行菜单栏中的“文件”→“保存”命令，或单击常用工具栏中“保存”按钮，由于是第一次保存新文档，故打开“另存为”对话框，如图 5-16 所示。

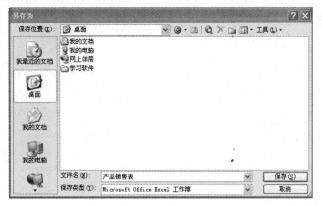

图 5-16　“另存为”对话框

（15）选择文件保存位置，在“文件名”文本框中输入文件名“产品销售表”，在“保存类型”下拉列表框中选择“Microsoft Office Excel 工作簿”，单击“保存”按钮保存文件。

实训 5.2　制作学生成绩单

实训任务

制作学生成绩单。

实训目的

- 掌握 Excel 的基本操作。
- 掌握在 Excel 表格中输入数据的方法。
- 掌握 Excel 中填充功能的使用。
- 掌握 Excel 中边框底纹的设置。
- 掌握 Excel 中公式和函数的正确使用。

实训内容和步骤

（1）打开 Excel，在 Sheet1 中输入如图 5-17 所示的数据。

200701班　　成绩单
第一学期

学号	姓名	性别	政治面貌	年龄	语文	数学	英语	政治	总分	平均分	等级
20070101	钟世文	男	无	19	79	84	56	81			
	冯小燕	女	团员	18	84	75	75	83			
	刘刚强	男	团员	17	82	69	93	69			
	阮慧英	女	团员	16	90	83	66	70			
	蒋雯娴	女	团员	19	86	84	88	84			
	郑佳	男	团员	18	75	64	60	76			
	陈燕	女	团员	18	88	81	84	75			
	顾万金	男	无	17	60	83	84	84			
	陈相静	女	无	19	87	69	75	91			
	高长建	男	团员	19	77	77	69	88			
	孔洁	女	团员	18	82	84	83	95			
	陈勇	男	团员	17	77	76	84	84			
	金飞	男	团员	19	66	75	64	91			

各科平均分：
各科最高分：
各科最低分：
各科不及格人数：

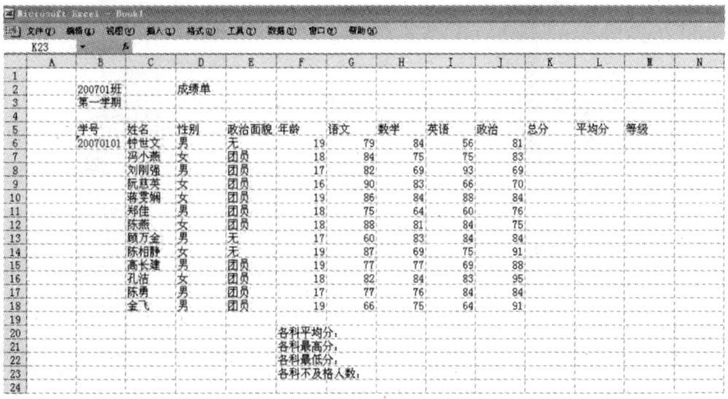

图 5-17　输入的数据

（2）单击选择 B6 单元格，将鼠标光标移动到 B6 单元格的右下角，直至其变为粗黑的"十"字形。按住鼠标左键从 B6 单元格拖动到 B18 单元格，利用填充功能在 B7:B18 单元格中填入正确的学号，效果如图 5-18 所示。

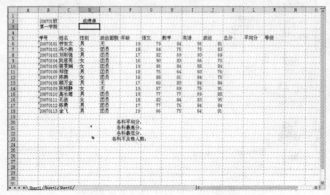

图 5-18　使用填充功能填充学号

（3）使用求和函数（SUM）求出"总分"：在单元格 K6 中输入公式=SUM（G6:J6），利用填充功能实现 K7:K18 单元格的公式输入，如图 5-19 所示。

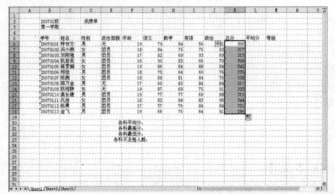

图 5-19　使用求和函数求出总分并填充

（4）使用平均值函数（AVERAGE）求出"平均分"：在单元格 L6 中输入公式=AVERAGE（G6:J6），利用填充功能实现 L7:L18 单元格的公式输入，如图 5-20 所示。

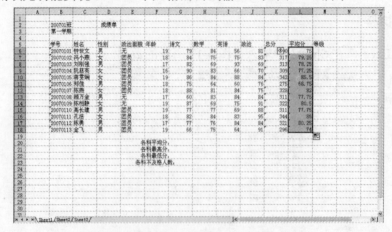

图 5-20　使用平均值函数求出平均分并填充

（5）使用平均值函数（AVERAGE）求出"各科平均分"：在单元格 G20 中输入=AVERAGE（G6:J18），利用填充功能实现 H20:J20 单元格的公式输入，如图 5-21 所示。

图 5-21　使用平均值函数求出各科平均分并填充

（6）使用最大值函数（MAX）求出"各科最高分"：在单元格 G21 中输入=MAX（G6:G18），利用填充功能实现 H21:J21 单元格的公式输入，如图 5-22 所示。

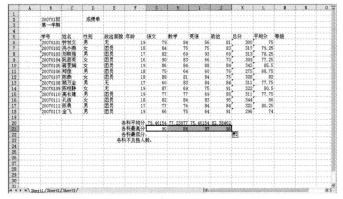

图 5-22　使用最大值函数求出各科最高分并填充

（7）使用最小值函数（MIN）求出"各科最低分"：在单元格 G22 中输入=MIN（G6:G18），利用填充功能实现 H22:J22 单元格的公式输入，如图 5-23 所示。

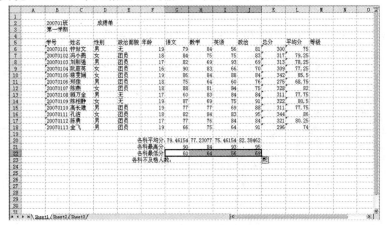

图 5-23　使用最小值函数求出各科最低分并填充

（8）使用条件统计函数（COUNTIF）求出"各科不及格人数"：在单元格 G23 中输入=COUNTIF(G6:G18,"<60")，利用填充功能实现 H23:J23 单元格的公式输入，如图 5-24 所示。

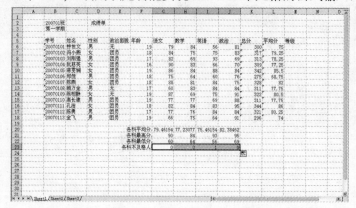

图 5-24　使用条件统计函数求出各科不及格人数并填充

（9）使用条件函数（IF）求出"等级"：在单元格 M6 中输入=IF(L6>=90, "优", IF(L6>=80, "良",IF(L6>=70,"中",IF(L6>=60，"及格"，"不及格"))))，利用填充功能实现 M7:M18 单元格的公式输入，如图 5-25 所示。

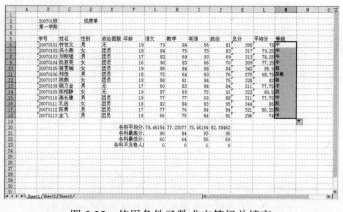

图 5-25　使用条件函数求出等级并填充

（10）右键单击第 4 行的行号，在弹出的快捷菜单中选择"删除"命令删除第 4 行，如图 5-26 所示。

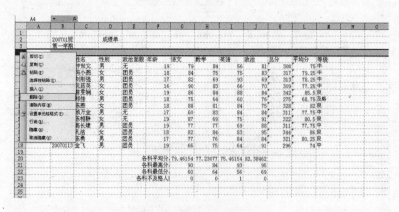

图 5-26　删除第 4 行

（11）将标题合并居中，将字体设置为黑体，字号设置为 20 磅，并设置为粗体。标题行及其下一行底纹为灰色，如图 5-27 所示。

200701班	成绩单										
第一学期											
学号	姓名	性别	政治面貌	年龄	语文	数学	英语	政治	总分	平均分	等级
20070101	钟世文	男	无	19	79	84	56	81	300	75	中
20070102	冯小燕	女	团员	18	84	75	75	83	317	79.25	中
20070103	刘刚强	男	团员	17	82	69	93	69	313	78.25	中
20070104	阮慈英	女	团员	16	90	83	66	70	309	77.25	中
20070105	蒋雯娴	女	团员	19	86	84	88	84	342	85.5	良
20070106	郑佳	男	团员	18	75	64	60	76	275	68.75	及格
20070107	陈燕	女	团员	18	88	81	84	75	328	82	良
20070108	顾万金	男	无	17	60	83	84	84	311	77.75	中
20070109	陈相静	女	无	19	87	69	75	91	322	80.5	良
20070110	高长建	男	团员	19	77	77	69	88	311	77.75	中
20070111	孔洁	女	团员	18	82	84	83	95	344	86	良
20070112	陈勇	男	团员	17	77	76	84	84	321	80.25	良
20070113	金飞	男	团员	19	66	75	64	91	296	74	中
				各科平均分	79.46154	77.23077	75.46154	82.38462			
				各科最高分	90	84	93	95			
				各科最低分	60	64	56	69			
				各科不及格人	0	0	1	0			

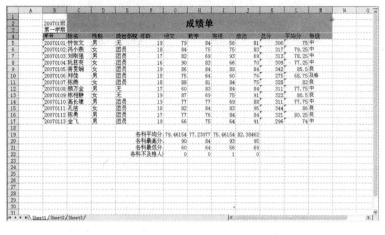

图 5-27　标题格式设置

（12）将所有的单元格设置为水平居中，如图 5-28 所示。

200701班	成绩单										
第一学期											
学号	姓名	性别	政治面貌	年龄	语文	数学	英语	政治	总分	平均分	等级
20070101	钟世文	男	无	19	79	84	56	81	300	75	中
20070102	冯小燕	女	团员	18	84	75	75	83	317	79.25	中
20070103	刘刚强	男	团员	17	82	69	93	69	313	78.25	中
20070104	阮慈英	女	团员	16	90	83	66	70	309	77.25	中
20070105	蒋雯娴	女	团员	19	86	84	88	84	342	85.5	良
20070106	郑佳	男	团员	18	75	64	60	76	275	68.75	及格
20070107	陈燕	女	团员	18	88	81	84	75	328	82	良
20070108	顾万金	男	无	17	60	83	84	84	311	77.75	中
20070109	陈相静	女	无	19	87	69	75	91	322	80.5	良
20070110	高长建	男	团员	19	77	77	69	88	311	77.75	中
20070111	孔洁	女	团员	18	82	84	83	95	344	86	良
20070112	陈勇	男	团员	17	77	76	84	84	321	80.25	良
20070113	金飞	男	团员	19	66	75	64	91	296	74	中
				各科平均分	79.46154	77.23077	75.46154	82.38462			
				各科最高分	90	84	93	95			
				各科最低分	60	64	56	69			
				各科不及格人	0	0	1	0			

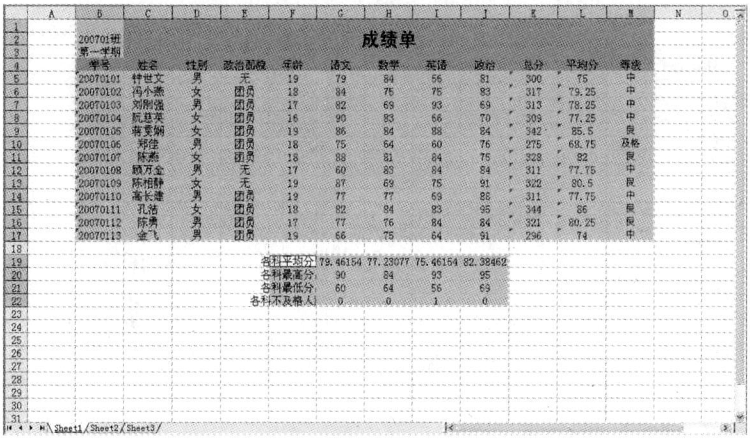

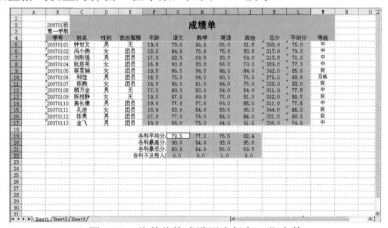

图 5-28　所有的单元格设置为水平居中

（13）将数值格式设置为保留 1 位小数，如图 5-29 所示。

200701班	成绩单										
第一学期											
学号	姓名	性别	政治面貌	年龄	语文	数学	英语	政治	总分	平均分	等级
20070101	钟世文	男	无	19.0	79.0	84.0	56.0	81.0	300.0	75.0	中
20070102	冯小燕	女	团员	18.0	84.0	75.0	75.0	83.0	317.0	79.3	中
20070103	刘刚强	男	团员	17.0	82.0	69.0	93.0	69.0	313.0	78.3	中
20070104	阮慈英	女	团员	16.0	90.0	83.0	66.0	70.0	309.0	77.3	中
20070105	蒋雯娴	女	团员	19.0	86.0	84.0	88.0	84.0	342.0	85.5	良
20070106	郑佳	男	团员	18.0	75.0	64.0	60.0	76.0	275.0	68.8	及格
20070107	陈燕	女	团员	18.0	88.0	81.0	84.0	75.0	328.0	82.0	良
20070108	顾万金	男	无	17.0	60.0	83.0	84.0	84.0	311.0	77.8	中
20070109	陈相静	女	无	19.0	87.0	69.0	75.0	91.0	322.0	80.5	良
20070110	高长建	男	团员	19.0	77.0	77.0	69.0	88.0	311.0	77.8	中
20070111	孔洁	女	团员	18.0	82.0	84.0	83.0	95.0	344.0	86.0	良
20070112	陈勇	男	团员	17.0	77.0	76.0	84.0	84.0	321.0	80.3	良
20070113	金飞	男	团员	19.0	66.0	75.0	64.0	91.0	296.0	74.0	中
				各科平均分	79.5	77.2	75.5	82.4			
				各科最高分	90.0	84.0	93.0	95.0			
				各科最低分	60.0	64.0	56.0	69.0			
				各科不及格人	0.0	0.0	1.0	0.0			

图 5-29　将数值格式设置为保留 1 位小数

（14）将单元格宽度调整为合适的宽度，如图 5-30 所示。

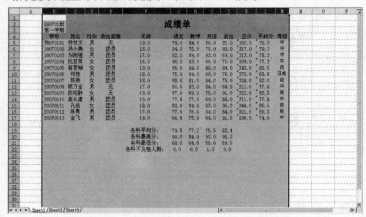

图 5-30　将单元格宽度调整为合适的宽度

（15）右键单击第一列的标号 A，在弹出的快捷菜单中选择"删除"命令删除第 1 列，如图 5-31 所示。

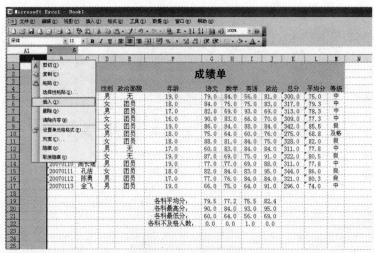

图 5-31　删除第 1 列

（16）将第 4 行的底纹设置为浅黄色，其他行为浅绿色，如图 5-32 所示。

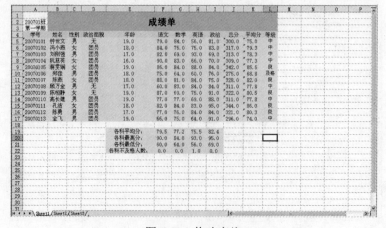

图 5-32　修改底纹

（17）将所有的单元格的边框设置为单线边框，如图 5-33 所示。

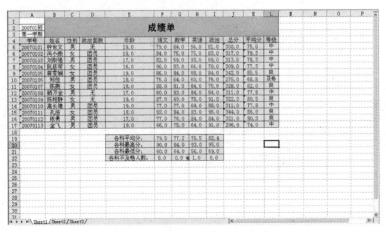

图 5-33　将所有的单元格的边框设置为单线边框

（18）利用"单元格格式"对话框，将外边框设置为双实线，如图 5-34 所示。

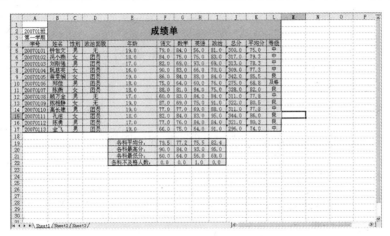

图 5-34　将外边框设置为双实线

（19）将 Sheet1 工作表重命名为"200701 班成绩单"，如图 5-35 所示。

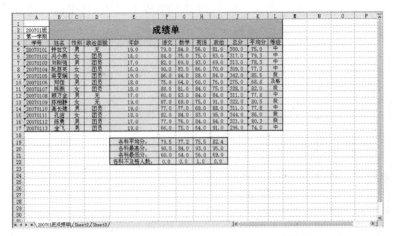

图 5-35　将工作表重命名为"200701 班成绩单"

（20）将 Sheet2 和 Sheet3 工作表删除，效果如图 5-36 所示。

200701班 第一学期	成绩单										
学号	姓名	性别	政治面貌	年龄	语文	数学	英语	政治	总分	平均分	等级
20070101	钟世文	男	无	19.0	79.0	84.0	56.0	81.0	300.0	75.0	中
20070102	冯小燕	女	团员	18.0	84.0	75.0	75.0	83.0	317.0	79.3	中
20070103	刘刚强	男	团员	17.0	82.0	69.0	93.0	69.0	313.0	78.3	中
20070104	阮慈英	女	团员	16.0	90.0	83.0	66.0	70.0	309.0	77.3	中
20070105	蒋雯娴	女	团员	19.0	86.0	84.0	88.0	84.0	342.0	85.5	良
20070106	郑佳	男	团员	18.0	75.0	64.0	60.0	76.0	275.0	68.8	及格
20070107	陈燕	女	团员	18.0	88.0	81.0	84.0	75.0	328.0	82.0	良
20070108	顾万金	男	无	17.0	60.0	83.0	84.0	84.0	311.0	77.8	中
20070109	陈相静	女	无	19.0	87.0	69.0	75.0	91.0	322.0	80.5	良
20070110	高长建	男	团员	19.0	77.0	77.0	69.0	88.0	311.0	77.8	中
20070111	孔洁	女	团员	18.0	82.0	84.0	83.0	95.0	344.0	86.0	良
20070112	陈勇	男	团员	17.0	77.0	76.0	84.0	84.0	321.0	80.3	良
20070113	金飞	男	团员	19.0	66.0	75.0	64.0	91.0	296.0	74.0	中
				各科平均分：	79.5	77.2	75.5	82.4			
				各科最高分：	90.0	84.0	93.0	95.0			
				各科最低分：	60.0	64.0	56.0	69.0			
				各科不及格人数：	0.0	0.0	1.0	0.0			

200701班成绩单

图 5-36　删除 Sheet2 和 Sheet3 工作表后的效果

（21）将工作簿保存为“成绩单”。

实训 5.3　生成成绩单图表

实训任务

根据前面的实训内容，在成绩单的基础上生成直观的图表。

实训目的

- 掌握在 Excel 中制作统计图表的方法。
- 掌握图表格式的设置。

实训内容和步骤

（1）打开 Excel，新建一个工作表，命名为“学生成绩表”，其中的内容如图 5-37 所示。

学生成绩表

编号	姓名	性别	政治	语文	数学	英语	物理	化学
0001	梁海平	男	89	50	84	85	92	91
0002	欧海军	男	71	55	75	79	94	90
0003	邓远彬	女	67	59	95	72	88	86
0004	张晓丽	女	76	49	84	89	83	87
0005	刘富彪	男	63	56	82	75	98	93
0006	刘章辉	男	65	47	95	69	90	89
0007	邹文晴	女	77	54	78	90	83	83
0008	黄仕玲	女	74	61	83	81	92	64
0009	刘金华	男	71	50	76	73	100	84
0010	叶建琴	女	72	53	81	75	87	88
0011	邓云华	女	74	46	82	73	91	92
0012	李迅宇	男	65	48	90	79	88	83

图 5-37　“学生成绩表”工作表

（2）用拖拽的方法，选中与所要创建图表有关的数据区域 B3:B15 及 E3:F15，如图 5-38
所示。

	A	B	C	D	E	F	G	H	I	J
1				学生成绩表						
2										
3	编号	姓名	性别	政治	语文	数学	英语	物理	化学	
4	0001	梁海平	男	89	50	84	85	92	91	
5	0002	欧海军	男	71	55	75	79	94	90	
6	0003	邓远彬	女	67	59	95	72	88	86	
7	0004	张晓丽	女	76	49	84	89	83	87	
8	0005	刘富彪	男	63	56	82	75	98	93	
9	0006	刘章辉	男	65	47	95	69	90	89	
10	0007	邹文晴	女	77	54	78	90	83	83	
11	0008	黄仕玲	女	74	61	83	81	92	64	
12	0009	刘金华	男	71	50	76	73	100	84	
13	0010	叶建琴	女	72	53	81	75	87	88	
14	0011	邓云华	女	74	46	82	73	91	92	
15	0012	李迅宇	男	65	48	90	79	88	83	
16										

图 5-38 选取数据区域

（3）选择"插入"→"图表"命令，或单击工具栏中的"图表向导"按钮，打开"图表向
导—4 步骤之 1—图表类型"对话框，如图 5-39 所示。

（4）在"图表类型"列表框中选择"柱形图"，在"子图表类型"列表框中选择"簇状柱
形图"，如图 5-39 所示。此时，如果单击"按下不放可查看示例"按钮，可在"示例"窗口预
览图表的实际效果。

（5）单击"下一步"按钮，打开"图表向导—4 步骤之 2—图表源数据"对话框，如图 5-40
所示。

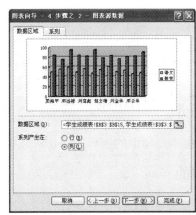

图 5-39 "图表向导—4 步骤之 1—图表类型"对话框　　图 5-40 "图表向导—4 步骤之 2—图表源数据"对话框

（6）单击"下一步"按钮，打开"图表向导—4 步骤之 3—图表选项"对话框，如图 5-41
所示。

（7）单击"标题"选项卡，在"图表标题"框中输入"成绩分析"，在"分类轴"框中输
入"姓名"，在"数值轴"框中输入"成绩"。

（8）单击"下一步"按钮，打开"图表向导—4 步骤之 4—图表位置"对话框，如图 5-42
所示。

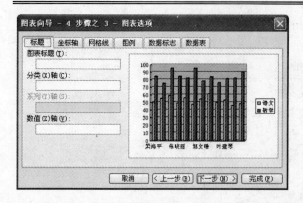

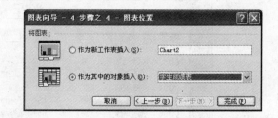

图 5-41　"图表向导—4 步骤之 3—图表选项"对话框　　　图 5-42　"图表向导—4 步骤之 4—图表位置"对话框

（9）单击"完成"按钮。这样一个图表就显示在窗口中，最终效果如图 5-43 所示。

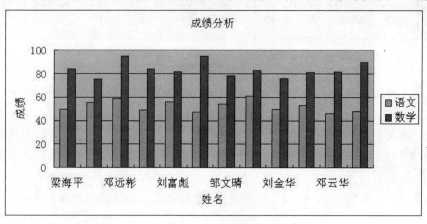

图 5-43　最终的图表效果

实训 5.4　利用 Excel 2003 进行数据处理

实训任务

根据本章前面的实训内容，对成绩单中的数据进行数据处理。

实训目的

● 掌握在 Excel 中复制数据的方法。
● 掌握 Excel 中记录单的使用方法。
● 掌握 Excel 排序功能的使用方法。
● 掌握 Excel 筛选功能的使用方法。
● 掌握 Excel 分类汇总功能的使用方法。

实训内容和步骤

（1）将工作表"学生成绩表"中的 A3:I15 复制到新建工作表 Sheet2 中。

（2）使用记录单在 Sheet2 中增加一个新记录，如图 5-44 所示。

（3）复制 Sheet2 工作表，并将新工作重命名为"排序"，以"语文"为主要关键字，升序排列，以"数学"为次要关键字，降序排列，结果如图 5-45 所示。

（4）复制 Sheet2 工作表，并将新工作重命名为"筛选"，使用数据筛选，只显示"数学"在 70～80 分之间的全部信息，结果如图 5-46 所示。

（5）复制 Sheet2 工作表，并将新工作重命名为"分类汇总"，按性别进行分类汇总，汇总方式为计数，汇总项包括"数量"，结果如图 5-47 所示。

图 5-44　插入记录单

	A	B	C	D	E	F	G	H	I	J
1	编号	姓名	性别	政治	语文	数学	英语	物理	化学	
2	0011	邓云华	女	74	46	82	73	91	92	
3	0006	刘章辉	男	65	47	95	69	90	89	
4	0012	李迅宇	男	65	48	90	79	88	83	
5	0004	张晓丽	女	76	49	84	89	83	87	
6	0001	梁海平	男	89	50	84	85	92	91	
7	0009	刘金华	男	71	50	76	73	100	84	
8	0010	叶建琴	女	72	53	81	75	87	88	
9	0007	邹文晴	女	77	54	78	90	83	83	
10	0002	欧海军	男	71	55	75	79	94	90	
11	0005	刘富彪	男	63	56	82	75	98	93	
12	0003	邓远彬	男	67	59	95	72	88	86	
13	0008	黄仕玲	女	74	61	83	81	92	64	
14	0013	陈名业	男	92	75	97	45	88	100	
15										

图 5-45　排序结果

	A	B	C	D	E	F	G	H	I
1	编号 ▼	姓名 ▼	性别 ▼	政治 ▼	语文 ▼	数学 ▼	英语 ▼	物理 ▼	化学 ▼
3	0002	欧海军	男	71	55	75	79	94	90
8	0007	邹文晴	女	77	54	78	90	83	83
10	0009	刘金华	男	71	50	76	73	100	84
15									
16									

图 5-46　筛选结果

1 2 3		A	B	C	D	E	F	G	H	I	J
	1	编号	姓名	性别	政治	语文	数学	英语	物理	化学	
	2	0001	梁海平	男	89	50	84	85	92	91	
	3	0002	欧海军	男	71	55	75	79	94	90	
	4	0005	刘富彪	男	63	56	82	75	98	93	
	5	0006	刘章辉	男	65	47	95	69	90	89	
	6	0009	刘金华	男	71	50	76	73	100	84	
	7	0012	李迅宇	男	65	48	90	79	88	83	
	8	0013	陈名业	男	92	75	97	45	88	100	
	9		男 计数	7							
	10	0003	邓远彬	女	67	59	95	72	88	86	
	11	0004	张晓丽	女	76	49	84	89	83	87	
	12	0007	邹文晴	女	77	54	78	90	83	83	
	13	0008	黄仕玲	女	74	61	83	81	92	64	
	14	0010	叶建琴	女	72	53	81	75	87	88	
	15	0011	邓云华	女	74	46	82	73	91	92	
	16		女 计数	6							
	17		总计数	13							
	18										

图 5-47　汇总的结果

注意：汇总前应先对汇总字段进行排序。

第6章 演示文稿的制作

实训 6.1 制作基本演示文稿

实训任务

完成"Ipad2 产品介绍"演示文稿的制作。

实训目的

- 掌握新建演示文稿的方法。
- 掌握在占位符中输入并编辑文字的方法。
- 掌握添加及删除幻灯片，插入图片并编辑图片的方法。
- 掌握使用文本框输入并编辑文字的方法。
- 掌握浏览及放映幻灯片，保存演示文稿等操作方法。

实训内容和步骤

（1）双击桌面快捷方式 打开 PowerPoint。选择"视图"→"新建演示文稿任务窗格"命令，单击"根据设计模板"新建，选择任意一种样式来创建演示文稿，界面如图 6-1 所示（可自行选择模板样式）。

（2）在标题和副标题中输入文字，并对文字进行调整，效果如图 6-2 所示。

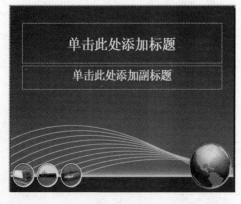

图 6-1 "根据设计模板"创建的幻灯片

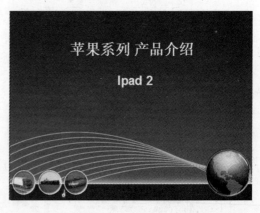

图 6-2 标题幻灯片

（3）选择"插入"→"新幻灯片"命令（见图 6-3），插入新幻灯片，在该幻灯片上列出分别要展示的几个方面，如图 6-4 所示。

（4）用同样的方法创建新的幻灯片，输入具体内容，创建的幻灯片如图 6-5 所示。

（5）为了丰富幻灯片设计，让展示更加直观，可以插入图片。具体步骤是选择"插入"→"图片"→"来自文件"命令（见图 6-6），打开"插入图片"对话框，如图 6-7 所示。选择想插入的图片，插入幻灯片中，效果如图 6-8 所示。

图 6-3　插入新幻灯片操作　　　　　　图 6-4　在幻灯片上列出要分别展示的几个方面

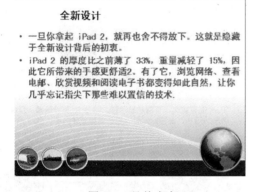

图 6-5　具体内容　　　　　　　　　　图 6-6　插入图片操作

图 6-7　"插入图片"对话框　　　　　　图 6-8　插入图片的幻灯片

（6）也可以从任务窗格选择合适的幻灯片版式（内容模板）制作后面的幻灯片，得到如图 6-9 所示的效果。

（7）设置放映方式。选择"幻灯片放映"→"设置放映方式"命令（见图 6-10），打开"设置放映方式"对话框。在"放映类型"一栏中选择"演讲者放映（全屏幕）"，在"放映幻灯片"

一栏中选择"全部"单选按钮。如果需要循环播放，选定"放映选项"栏中的"循环放映，按
ESC 键终止"复选框，最后单击"确定"按钮即可。这样就完成了对演示文稿的播放模式的
整体设置，如图 6-11 所示。

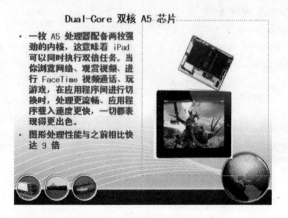

图 6-9　幻灯片的最终效果

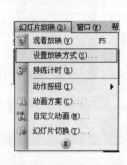
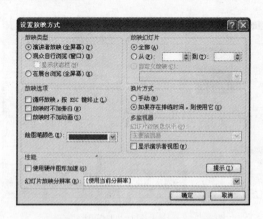

图 6-10　设置放映方式　　　　　图 6-11　"设置放映方式"对话框

（8）保存文件。完成对新文稿的编辑后，选择"文件"→"保存"或"另存为"命令，打
开"另存为"对话框，如图 6-12 所示。

在此对话框中为文稿选择要保存的位置，在"文件名"栏中输入文稿的名字，如"班
级+学号+姓名+ipad2 产品展示"，完成后单击"保存"按钮。

图 6-12　"另存为"对话框

实训 6.2　在演示文稿中插入对象

实训任务

完成"PLC 程序设计基础"课件的制作。

实训目的

● 掌握更换幻灯片版式的方法。
● 掌握插入和编辑组织结构图的方法。
● 掌握使用项目符号、使用大纲编辑文字、插入艺术字、编辑艺术字、使用剪贴画等的操作方法。

实训内容和步骤

（1）用"根据设计模板"创建新的演示文稿，如图 6-13 所示。在标题处输入文字"PLC 程序设计基础"，如图 6-14 所示。

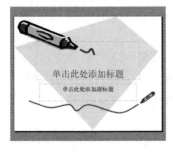

图 6-13　根据设计模板选定的幻灯片

图 6-14　标题幻灯片

（2）选择"插入"→"新幻灯片"命令，创建新幻灯片，修改其版式。选择"格式"→"幻灯片版式"命令，打开如图 6-15 所示的"幻灯片版式"任务窗格。幻灯片原来的版式如图 6-16 所示。在"幻灯片版式"任务窗格中，单击选择将其版式设置成如图 6-17 所示的版式。输入需要的文字，得到如图6-18所示效果。

图6-15 "幻灯片版式"任务窗格

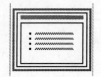

图6-16 原来的版式

图6-17 修改后的版式

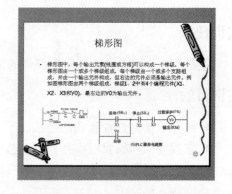

图6-18 输入文字后的效果

（3）制作出后面的幻灯片，效果如图6-19所示。

（4）插入组织结构图。在幻灯片视图中，新建一张幻灯片，然后在右侧任务窗格中的"幻灯片版式"中，选择如图6-20所示的"标题和图示或组织结构图"版式。

新幻灯片上有两个占位符，如图6-21所示。单击上面的占位符输入标题，双击下面的占位符，进入组织结构图编辑环境，如图6-22所示。

输入内容，编辑结构图，并修改文本样式，效果如图6-23所示。

注意：组织结构图的修改参考教材第5章的讲解，文字样式可自己设计。

（5）新建幻灯片，按照图6-24所示在新幻灯片中输入文字，并将其设置成项目，最终效果如图6-24所示。

这是默认的项目符号，可以将其修改成其他样式。选择"格式"→"项目符号和编号"命令，打开"项目符号和编号"对话框，选择"项目符号"选项卡，如图6-25所示。这时选择想要的项目符号的样式，如图6-26所示。得到的项目符号的效果如图6-27所示。

注意：可以练习使用大纲编辑文字，参考教材。

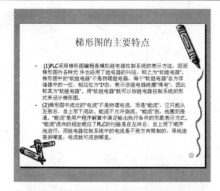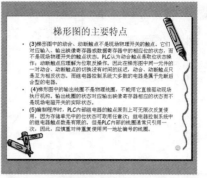

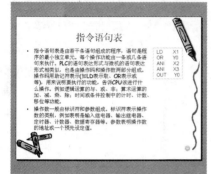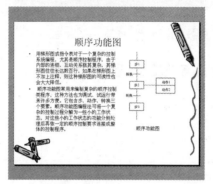

图 6-19　其他幻灯片的效果

图 6-20　选择幻灯片版式　　　　　图 6-21　新幻灯片上的占位符

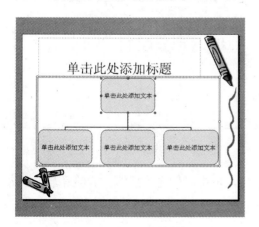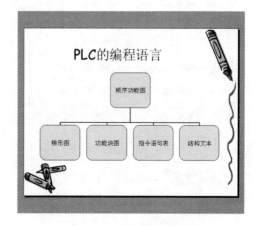

图 6-22　组织结构图编辑环境　　　　图 6-23　组织结构图效果

图 6-24　使用项目符号

图 6-25　"项目符号和编号"对话框

图 6-26　选择项目符号的样式

图 6-27　项目符号的效果

（6）插入艺术字。将标题文字改成艺术字。选择"插入"→"图片"→"艺术字"命令，打开"'艺术字'库"对话框，如图 6-28 所示。

选中一种式样后，单击"确定"按钮，打开"编辑'艺术字'文字"对话框，如图 6-29 所示。

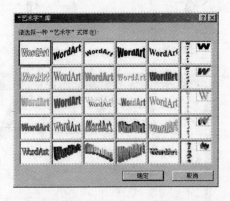

图 6-28　"'艺术字'库"对话框

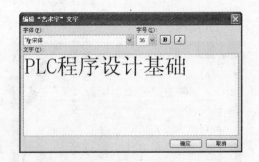

图 6-29　"编辑'艺术字'文字"对话框

输入艺术字字符后，设置好字体、字号等选项，单击"确定"按钮。调整好艺术字大小，并将其定位在合适位置上即可，如图 6-30 所示。

图 6-30　设置艺术字的效果

（7）插入剪贴画可以丰富幻灯片的构图。选择"插入"→"图片"→"剪贴画"命令，打开如图 6-31 所示的"符号–Microsoft 剪辑管理器"窗口。单击选择"Microsoft 剪辑管理器"窗口中的"收藏集列表"中所需要的剪贴画。

选定图片后，对其进行复制，并将其粘贴到幻灯片中，得到的剪辑画效果如图 6-32 所示。

图 6-31　"Microsoft 剪辑管理器"窗口

图 6-32　插入剪辑画后的效果

实训 6.3　演示文稿的美化与修饰

实训任务

完成"香港电视广播有限公司介绍"演示文稿的制作。

实训目的

- 掌握配色方案的使用方法。
- 掌握编辑配色方案的方法。
- 掌握幻灯片背景设置的方法。
- 掌握插入图示、插入表格、表格的编辑与美化、插入并编辑图表的方法。

实训内容和步骤

（1）新建一篇演示文稿。在标题占位符中输入"香港电视广播有限公司介绍"，如图 6-33 所示。

图 6-33　标题幻灯片

（2）设置幻灯片背景。选择一张幻灯片，单击鼠标右键，在弹出的快捷菜单中选择"背景"命令（见图 6-34），打开"背景"对话框，在颜色下拉列表中选择"填充效果"命令，如图 6-35 所示。

图 6-34　选择"背景"命令

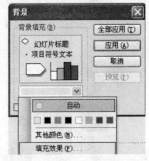

图 6-35　选择"填充效果"命令

　　打开如图 6-36 所示的"填充效果"对话框，在对话框的选项卡中选择合适的效果。例如，选中标题幻灯片，选择"图片"选项卡，找到需要的图片，单击"确定"按钮，如图 6-37 所示。

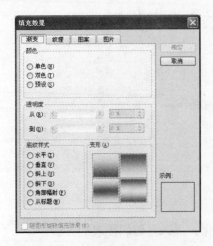

图 6-36　"填充效果"对话框

图 6-37　选择填充效果

得到如图 6-38 所示的幻灯片背景效果。

图 6-38　幻灯片图片背景效果

注意：可以根据需要选择背景，具体操作参考教材。

（3）插入新幻灯片。输入相关内容后，打开"背景"对话框，在颜色下拉列表中选择"填充效果"命令，在"渐变"选项卡中选择一种"预设颜色"的效果，如图 6-39 所示。最终得到如图 6-40 所示的幻灯片渐变背景效果。

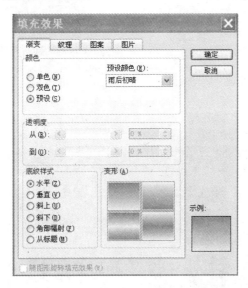

图 6-39　选择"渐变"填充效果

（4）插入第三张幻灯片，输入相关内容后，打开"背景"对话框，在颜色下拉列表中选择"填充效果"命令，选择"纹理"中的一种效果，如图 6-41 所示。在"背景"对话框中的显示效果如图 6-42 所示，单击"应用"按钮得到如图 6-43 的幻灯片背景效果。

（5）应用配色方案。单击"格式"工具栏中的"设计"按钮（见图 6-44），打开"幻灯片设计"任务窗格，如图 6-45 所示。在"幻灯片设计"任务窗格中的下方单击"应用配色方案"链接，打开"编辑配色方案"对话框，如图 6-46 所示。在"标准"选项卡中，选择一种最满意的配色方案，效果如图 6-47 所示。

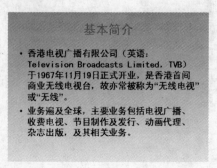

图 6-40 幻灯片渐变背景效果

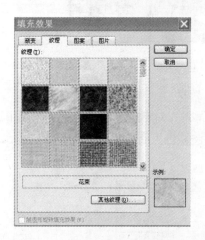

图 6-41 选择"纹理"填充效果

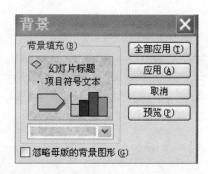

图 6-42 "背景"对话框

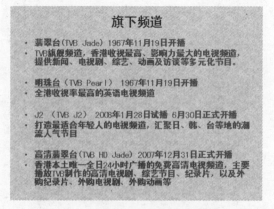

图 6-43 填充纹理后的效果

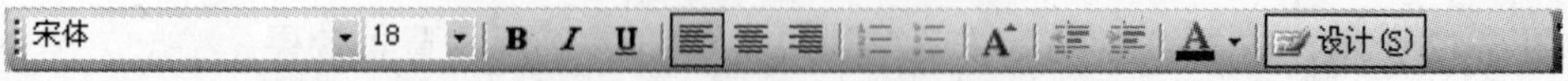

图 6-44 单击"设计"按钮

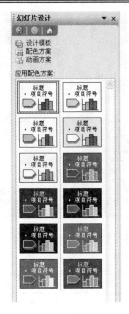

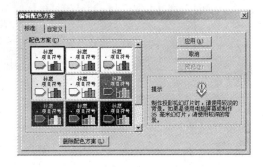

图 6-45　"幻灯片设计"任务窗格　　　　图 6-46　"编辑配色方案"对话框

（6）插入图示。在第四张幻灯片中，选择"插入"→"图示"命令，打开"图示库"对话框，如图 6-48 所示。

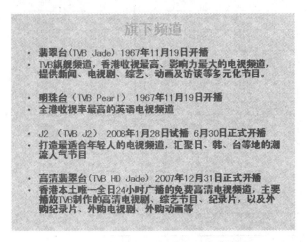

图 6-47　应用"配色方案"后的效果　　　　图 6-48　"图示库"对话框

如图 6-49 所示，这里选择射线图。

可用鼠标右键单击图示，在弹出的快捷菜单中选择"插入形状"，得到的效果如图 6-50 所示。

（7）插入表格。在第五张幻灯片中插入一张表格，选择"插入"→"表格"命令，打开"插入表格"对话框，如图 6-51 所示。

设定所要插入的表格的列数和行数后，单击"确定"按钮。在表格中输入所需要的数据，如图 6-52 所示。

（8）插入图表。插入第六张幻灯片，单击"插入图表" ![] 按钮时，会显示一个图表和相关数据，如图 6-53 所示。

图 6-49　选择射线图

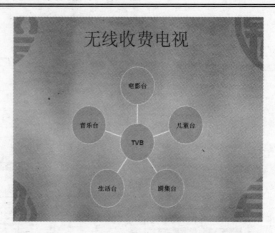

图 6-50　插入形状的效果

年份	剧名	备注	平均收视	最高收视
2000	十月初五的月光		36点	46点
2001	小宝与康熙	外购剧	36点	46点
2002	齐天大圣孙悟空	外购剧	34点	40点
2003	戆夫成龙		37点	48点
2004	栋笃神探		33点	39点
2005	大长今	外购剧	36点	50点
2006	女人唔易做		33点	41点
2007	师奶兵团		33点	44点
2008	溏心风暴之家好月圆		35点	50点
2009	宫心计		35点	50点
2010	公主嫁到		34点	45点

图 6-51　"插入表格"对话框　　　　图 6-52　表格中输入的数据

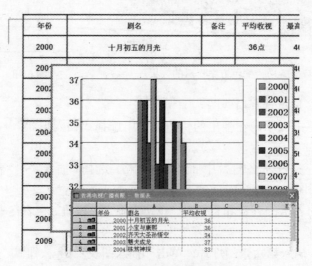

图 6-53　显示图表和相关数据

再按第 5 章中讲到的在 Excel 中创建图表的方法创建图表，效果如图 6-54 和图 6-55 所示。

（9）选择"格式"→"幻灯片设计"命令，打开如图 6-56 所示的"幻灯片设计"任务窗格，单击"动画方案"链接，可以为幻灯片设定一个"动画方案"，如图 6-57 所示。

设置好动画方案后，单击"应用于所有幻灯片"按钮，将此动画方案应用于所有的幻灯片。

图 6-54　"图表类型"对话框

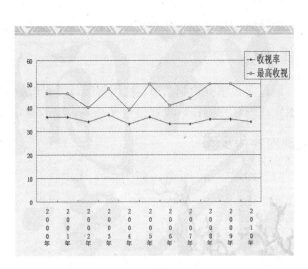

图 6-55　图表效果

图 6-56　"幻灯片设计"任务窗格

图 6-57　设定"动画方案"

实训 6.4 演示文稿动画制作及切换设置

实训任务

完成"李记新款'凉爽茶'系列推销计划"演示文稿的制作。

实训目的

通过实验掌握绘制图形、使用母版、设置母版中占位符格式、制作标题幻灯片母版、利用母版完成幻灯片制作、设置自定义动画、修改自定义动画、设置幻灯片切换效果等操作。

实训内容和步骤

（1）创建标题幻灯片，如图 6-58 所示。

（2）在"绘图"工具栏上单击"自选图形"按钮，在弹出的菜单中选择所需要的图形，如图 6-59 所示。

图 6-58 标题幻灯片

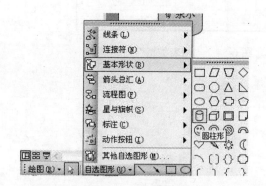

图 6-59 自选图形

选择"基本图形"命令中的"圆柱形"，在幻灯片中拖动鼠标，绘制出圆柱形，并添加文字，效果如图 6-60 所示。

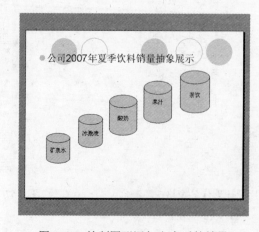

图 6-60 绘制图形添加文字后的效果

可以修改图形的颜色。单击鼠标右键，在弹出的快捷菜单中选择"设置自选图形格式"命令，打开"设置自选图形格式"对话框，从中修改颜色，如图 6-61 所示。

最后得到本实训中第二张幻灯片，效果如图 6-62 所示。

 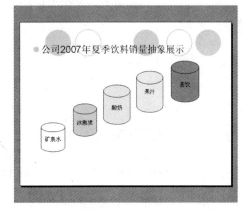

图 6-61　"设置自选图形格式"对话框　　　图 6-62　修改自选图形颜色后的效果

（3）选择"视图"→"母版"→"幻灯片母版"命令，如图 6-63 所示。得到如图 6-64 所示的幻灯片母版视图。

修改幻灯片母版后得到的效果如图 6-65 所示。

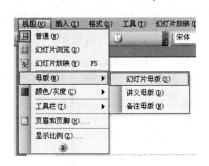 

图 6-63　选择"幻灯片母版"命令　　　　图 6-64　幻灯片母版视图

图 6-65　修改幻灯片母版后的效果

（4）制作标题幻灯片母版。选择"插入"→"文本框"→"水平"命令，当鼠标变成"十"字形时，以拖曳的方式在所要插入文字的地方拉出一个文本框来；单击文本框，可在里面输入文字，如图 6-66 所示。

完成所有的设定之后，单击"关闭"按钮，关闭母版的编辑窗口，效果如图 6-67 所示。

销售计划

图 6-66　输入文字　　　　　　图 6-67　关闭母版的编辑窗口后得到的幻灯片的效果

（5）制作后面的幻灯片，如图 6-68 所示。

（6）选择"幻灯片放映"→"自定义动画"命令，如图 6-69 所示。或单击鼠标右键，在弹出的快捷菜单中选择"自定义动画"命令，打开"自定义动画"任务窗格，单击"添加效果"按钮，选择"进入"效果，如图 6-70 所示。

设置后，幻灯片的动画设置结果如图 6-71 所示。

在"自定义动画"任务窗格中，把"开始"设置为"单击时"，"方向"设为"内"，"速度"设为"非常快"。单击"标题 1"右边的下拉按钮，选择"效果选项"命令，如图 6-72 所示。打开"盒状"对话框，在此对话框中可以设置动画的声音、发送方式、方向等效果，如图 6-73 所示。

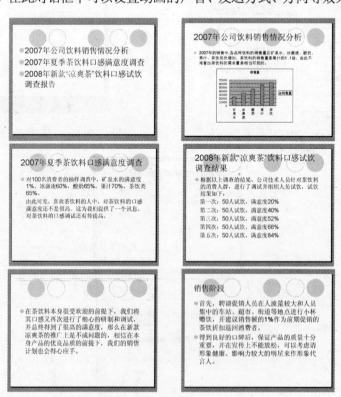

图 6-68　案例中其他幻灯片

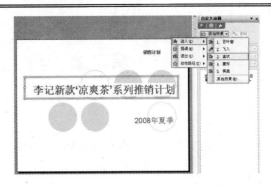

图 6-69　选择"自定义动画"命令　　　　　　图 6-70　"自定义动画"任务窗格

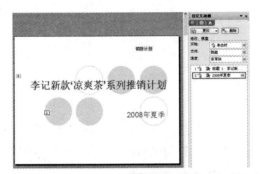

图 6-71　制作完成这张幻灯片的动画　　　　图 6-72　选择"效果选项"命令

（7）幻灯片切换。选择"幻灯片放映"→"幻灯片切换"命令，打开"幻灯片切换"任务窗格，如图 6-74 所示。在"应用于所选幻灯片"列表框中列出了 40 多种幻灯片的切换效果，可以从中选择想要的切换方式。

图 6-73　"盒状"对话框　　　　　　　　　图 6-74　"幻灯片切换"任务窗格

第 7 章 综 合 实 例

实训任务

完成《东澎市供电所一季度经济分析》文档编排。

实训目的

- 掌握文档排版和格式调整的方法。
- 掌握添加页眉和页脚的方法。
- 掌握添加项目符号的方法。
- 掌握插入图片的方法。
- 掌握在 Word 中调用 Excel 的数据图表的操作方法。

实训内容和步骤

（1）设置页面。打开《东澎市供电所一季度经济分析》素材文件，选择"文件"→"页面设置"命令，打开"页面设置"对话框，将纸张大小设置为 A4，并按图 7-1 所示设置页边距。

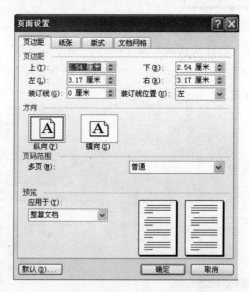

图 7-1 "页面设置"对话框

（2）添加页眉。选择"视图"→"页眉和页脚"命令，将分析报告的页眉设置为"东澎市供电所"，字体为宋体，字号为五号，左对齐显示。

在页眉中文字内容后面选择"插入"→"图片"→"来自文件"命令，从相应路径下选择国家电网公司图片。双击图片，在弹出的"设置图片格式"对话框中选择"版式"选项卡，选择图片环绕方式为"浮于文字上方"，水平对齐方式为"右对齐"。

选择"文件"→"页面设置"命令，打开"页面设置"对话框，选择"版式"选项卡，选中"首页不同"命令。页眉设置效果如图 7-2 所示。

东澎市供电局

东澎市供电所一季度经济分析

图 7-2　页眉效果

（3）插入图片。在"指标完成简析"前插入供电所图片，双击图片，在弹出的"设置图片格式"对话框中选择"版式"选项卡，选择图片环绕方式为"嵌入型"。

（4）在 Excel 中建立工作表：售电量表、分类比例表和售电收入对比表，其内容分别如表 7-1、表 7-2 和表 7-3 所示。

表 7-1　售电量表

一季度电量对比			
	1 月	2 月	3 月
2005	55.33	48.77	76.26
2006	82.76	86.69	75.05

表 7-2　分类比例表

分类比例				
	居民生活	非居民	商业用电	非普工业	农业排灌
1~3 月	79.68%	2.99%	4.75%	12.57%	

表 7-3　售电收入对比表

售电收入对比			
	1 月	2 月	3 月
2005	23.39	17.43	31.32
2006	39.04	39.79	35.82

根据以上表格，利用所学知识完成下列图表的制作：一季度电量对比图、一季度电量分类比例图、一季度售电收入对比图。

（5）在 Excel 工作表中选择"一季度电量对比图"，选择"编辑"→"复制"命令。在《东澎市供所一季度经济分析》Word 文档中，将光标定位 "售电量"后面，选择"编辑"→"选择性粘贴"命令，打开"选项性粘贴"对话框，选择"粘贴链接"单选钮，在列表框中选择"Excel工作表对象"，如图 7-3 所示。

（6）用同样的方法插入其余图表。改变 Excel 数据表中的数据后，再次打开《东澎市一季度经济分析》文档，将会弹出如图 7-4 所示的对话框。

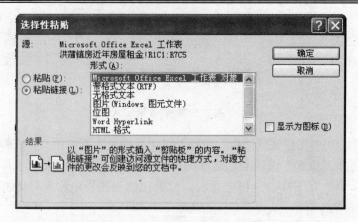

图 7-3　"选择性粘贴"对话框

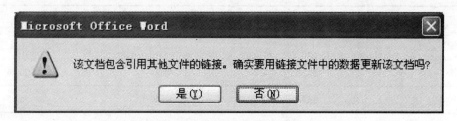

图 7-4　链接更新提示对话框

（7）设置项目符号。选中需要设置项目编号的内容，选择"格式"→"项目符号和编号"命令，在打开的"项目符号和编号"对话框中选择"编号"选项卡，选择第一种编号，如图 7-5 所示。

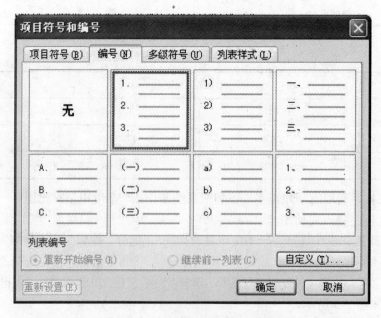

图 7-5　"项目符号和编号"对话框

最终效果如图 7-6 至图 7-8 所示。

东澎市供电所一季度经济分析

一、情况简介

东澎市供电所地处东澎市区。现有职工31人。其中所长1人，管理人员3人，微机员2人，专职电工25人。管辖22个行政村，5527户用电客户，10kV配电线路195kM／0.4kV线路，149kM，配电变压器3490kVA/56台，年供电量为200万kW·h。

二、指标完成情况简析

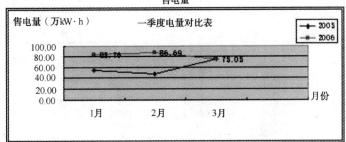

我所本季度计完成焦电量244.50万kW·h，其中1月份完成82.76万kW·h，2月份完成86.9万kW·h，3月份完成75.05万kW·h，完成年计划的22.7%，一季度完成焦电量最高的是2月，最低的是3月。

主要原因：三个月相比较，1月份由于元旦和春节的原因，所以售电量还比较大，2月天气比较寒冷，售电量比1月大一点，3月份天气逐渐暖和，售电量也就有所下降。因此3月比2月少计度约11.64万kW·h

三、一季度各类用电量构成

图7-6 最终效果图1

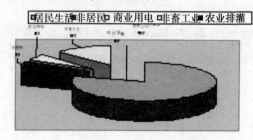

从上图可以看出，与去年同期相比，售电量增幅最大的是生活用电，第二是动力用电，第三是商业用电和非居民用电。我所一季度售电量有所增长。

四、售电收入

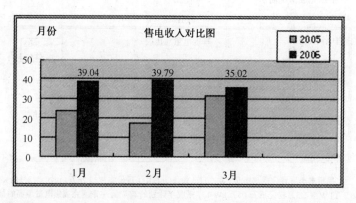

1月份完成39.04万元， 2月份完成39.79 万元， 3月份完成35.82万元，一季度累计完成114.65万元。本季度销售收入最低的是 3 月。

五、电费回收

今年一季度我所应收电费72 153 794元，实收电费72 153 794元，电费回收率为100%。电费上缴率为100%。

六、本季度在营销方面所做的工作

1.　加强用电营业的普查，在节日前加大普查力度。杜绝节日期间因窃电所造成的电量流失。

2.　重点核实各村加工房的普查，对这些加工房根据其经营状况进行现场调整用电比例，使各

2

图 7-7　最终效果图 2

区用电结构向合理化、规范化过渡，从而使我辖区内的非普用电比例快速增长。

七、下季度营销方面需要做的

1. 业扩报竣力求缩短力事程序，增竣多供，促使售电量保持良好的增长趋势，增加售电收入。

2. 加强用电营业普查，将非普工业用电作为重点普查对象，及时更换不合格的计量表，从而增加销售收入。

3. 加强临时用电管理，严禁出现无表用电户。

八、全年营销指标预测

1. 售电量： 我所一季度预计完成售量电180万 kW·h。综合市场预测，我所年售电量预计将达到770万 kW·h 。

2. 台区线损:我所一季度完成线损2.74%,综合市场预测,我所全年台区线损将完成5.46%。

3. 售量收入：我所一季度预计完成售电收入70万元，实际完成售电收入72万元。综合市场预测，我所全年售电收入预计将达到320万元。

4. 平均电价：由以上售电量、售电收入预测，我所全年平均电价预测将达到415.38元/kW·h。

东澎市供电所

2007年 4 月 5 日

3

图 7-8 最终效果图 3

附录 A 模 拟 试 题

模拟试题（一）

1. 选择题（共20题，每题1分）

（1）计算机界常提到的"2000年问题"指的是（　　　）。

    A. 计算机在2000年大发展的问题

    B. 计算机病毒在2000年大泛滥的问题

    C. NC和PC在2000年平起平坐的问题

    D. 有关计算机处理日期的问题

（2）计算机内部采用二进制表示数据信息，二进制的一个主要优点是（　　　）。

    A. 容易实现　　　　　　　　　　　B. 方便记忆

    C. 书写简单　　　　　　　　　　　D. 符合人的习惯

（3）第二代计算机所使用的主要逻辑器件为（　　　）。

    A. 电子管　　　　　　　　　　　　B. 集成电路

    C. 晶体管　　　　　　　　　　　　D. 中央处理器

（4）计算机辅助设计简称（　　　）。

    A. CAT　　　　　B. CAM　　　　　C. CAI　　　　　D. CAD

（5）下列关于硬件系统的说法，不正确的是（　　　）。

    A. 硬件是指物理上存在的机器部件

    B. 硬件系统包括运算器、控制器、存储器、输入设备和输出设备

    C. 键盘、鼠标和显示器等都是硬件

    D. 硬件系统不包括存储器

（6）把内存中的数据传送到计算机的硬盘称为（　　　）。

    A. 显示　　　　　B. 读盘　　　　　C. 输入　　　　　D. 写盘

（7）如果键盘上的（　　　）指示灯亮着，表示此时可直接输入英文的大写字母。

    A. Caps Lock　　　　　　　　　　B. Num Lock

    C. Scroll Lock　　　　　　　　　　D. 以上答案都不对

（8）微型计算机的中央处理器每执行一条（　　　），就完成一步基本运算或判断。

    A. 命令　　　　　B. 指令　　　　　C. 程序　　　　　D. 语句

（9）下列选项的叙述中，正确的是（　　　）。

    A. 如果CPU向外输出20位地址，则它能直接访问的存储空间可达1MB

    B. PC在使用过程中突然断电，SRAM中存储的信息不会丢失

    C. PC在使用过程中突然断电，DRAM中存储的信息不会丢失

    D. 外存储器中的信息可以直接被CPU处理

（10）SRAM存储器是（　　　）。

    A. 静态随机存储器　　　　　　　　B. 静态只读存储器

C．动态随机存储器　　　　　　　　　　　D．动态只读存储器

（11）十进制数 66 转换成二进制数为（　　　）。

A．111101　　　B．1000001　　　　C．1000010　　　D．100010

（12）在微型计算机的汉字系统中，一个汉字的内码占（　　　）个字节。

A．1　　　　　B．2　　　　　　　C．3　　　　　　D．4

（13）下列等式中，正确的是（　　　）。

A．1KB＝1024×1024B　　　　　　B．1MB＝1024B

C．1KB＝1024MB　　　　　　　　D．1MB＝1024KB

（14）下列各组设备中，全部属于输入设备的一组是（　　　）。

A．键盘、磁盘和打印机　　　　　　B．键盘、扫描仪和鼠标

C．键盘、鼠标和显示器　　　　　　D．硬盘、打印机和键盘

（15）某单位的财务管理软件属于（　　　）。

A．工具软件　　　　B．系统软件　　　C．编辑软件　　　　D．应用软件

（16）将高级语言编写的程序翻译成机器语言程序，采用的两种翻译方式是（　　　）。

A．编译和解释　　　　　　　　　　B．编译和汇编

C．编译和连接　　　　　　　　　　D．解释和汇编

（17）计算机病毒是一种（　　　）。

A．特殊的计算机部件　　　　　　　B．游戏软件

C．人为编制的特殊程序　　　　　　D．能传染的生物病毒

（18）Internet 提供的服务有很多种，（　　　）表示电子公告板。

A．E-mail　　　B．FTP　　　　　C．WWW　　　　　D．BBS

（19）在一个计算机房内要实现所有计算机联网，一般应选择（　　　）。

A．GAN　　　　B．MAN　　　　　C．LAN　　　　　D．WAN

（20）下列域名书写正确的是（　　　）。

A．_catch.gov.cn　　　　　　　　　B．catch.gov.cn

C．catch，edu，cn　　　　　　　　D．catch..gov.cn1

2．文字录入题（共 15 分）

电脑的学名为电子计算机，是由早期的电动计算器发展而来的。1946 年，世界上出现了第一台电子数字计算机 ENIAC，用于计算弹道。ENIAC 是由美国宾夕法尼亚大学莫尔电工学院制造的，它的体积庞大，占地面积 170 多平方米，重量约 30 吨，消耗近 100 千瓦的电力。显然，这样的计算机成本很高，使用不便。1956 年，晶体管电子计算机诞生了，这是第二代电子计算机，只要几个大一点的柜子就可将它容下，运算速度也大大提高了。1959 年出现的是第三代集成电路计算机。

3．操作题（共 20 分）

（1）在 C 盘中建立一个名为"学生文件夹"的文件夹。

（2）在"学生文件夹"下建立 exer 和 user 两个子文件夹。

（3）在"学生文件夹"下的 user 文件夹中创建 user1 文件夹，在"学生文件夹"下的 exer 文件夹中创建 exer1 文件夹。

（4）在学生文件夹下的 user\user1 子文件夹中新建 user.txt 和 practice.txt 两个文件。

（5）在 C 盘中搜索 WDREAD9.TXT 文件，并将该文件复制到学生文件夹下的 exer\exer1

子文件夹中，改名为 ractice2.txt。

4. Word 操作题（共 25 分）

（1）制作一个 4 行 3 列的表格，要求表格的各单元格宽度为 4.8 厘米，并按如图 A-1 所示的表格样式对表格中的单元格进行必要的拆分与合并操作，并以 w1.doc 为文件名保存。

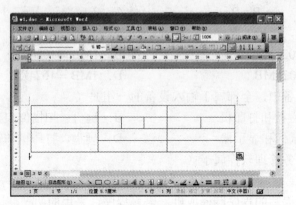

图 A-1　表格样式

（2）复制上面的表格，并将复制的表格中的第一列删除，各单元格的高度修改为 20 厘米，并以 w1b.doc 为文件名保存。

5. Excel 操作题（共 20 分）

（1）建立如图 A-2 所示的数据表格（存放在 A1:E6 区域内）。

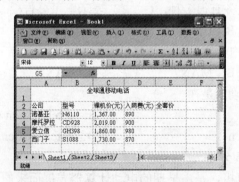

图 A-2　全球通移动电话源数据

（2）在 E 列中求出各款手机的全套价（公式为"=裸机价+入网费"或使用 SUM()函数），在 C7 单元格中利用 MIN()函数求出各款裸机的最低价。

（3）绘制各型号手机全套价的簇状柱形图，要求有图例显示，图表标题为"全球通移动电话全套价柱形图（元）"，分类轴名称为"公司名称"（即 X 轴），数值轴名称为"全套价格"（即 Y 轴），嵌入在数据表格下方（存放在 A9:F20 区域内）。

（4）将当前工作表 Sheet1 更名为"手机价格一览表"。

模拟试题（二）

1. 选择题（共 20 题，每题 1 分）

（1）计算机是一种能快速、高效、自动地完成（　·　）的电子设备。

A．科学计算　　　　　　　　　　B．信息处理

C．文字处理　　　　　　　　　　D．辅助教学

（2）国家信息高速公路简称（　　）。

A．CNII　　　　B．GNU　　　　C．NII　　　　D．ANII

（3）计算机从其诞生至今已经经历了四个时代，这种对计算机划分时代的原则是根据
（　　）。

A．计算机所采用的电子器件（即逻辑元件）

B．计算机的运算速度

C．程序设计语言

D．计算机的存储量

（4）最先实现存储程序的计算机是（　　）。

A．ENIAC　　　B．EDSAC　　　C．EDVAC　　　D．UNTVAC

（5）CAE 是（　　）的英文简称。

A．计算机辅助科学　　　　　　　B．计算机辅助设计

C．计算机辅助工程　　　　　　　D．计算机辅助教学

（6）关于微型计算机系统的硬件配置，下列选项中，（　　）不是计算机的基本硬件配置。

A．内存　　　　B．显示器　　　C．游戏操纵柄　　D．键盘

（7）在微型计算机系统中，硬件与软件的关系是（　　）。

A．一定条件下可以互相转化　　　B．等效关系

C．特有的关系　　　　　　　　　D．固定不变的关系

（8）运算器的主要功能是（　　）。

A．实现算术运算和逻辑运算

B．保存各种指令信息供系统其他部件使用

C．分析指令并进行译码

D．按主频指标规定发出时钟脉冲

（9）在计算机的存储单元中，存储的内容（　　）。

A．只能是数据　　　　　　　　　B．只能是程序

C．可以是数据和指令　　　　　　D．只能是指令

（10）Athlon 1.8G 的计算机型号中，1.8G 指的是（　　）。

A．硬盘容量　　　　　　　　　　B．主频

C．微处理器型号　　　　　　　　D．内存容量

（11）UPS 是（　　）的英文简称。

A．控制器　　　B．存储器　　　C．不间断电源　　D．运算器

（12）最大的 10 位无符号二进制整数转换成十进制数是（　　）。

A．511　　　　B．512　　　　C．1023　　　　D．1024

（13）对 ASCII 编码的描述准确的是（　　）。

A．使用 7 位二进制代码　　　　　B．使用 8 位二进制代码，最左一位为 0

C．使用输入码　　　　　　　　　D．使用 8 位二进制代码，最左一位为 1

（14）软盘的每一个扇区上可记录（　　）字节的信息。

A．1　　　　　B．8　　　　　C．512　　　　D．不一定

（15）鼠标是计算机的一种（　　　）。

    A．输出设备　　　　　　　　　　B．输入设备

    C．存储设备　　　　　　　　　　D．运算设备

（16）下列 4 种软件中，属于系统软件的是（　　　）。

    A．WPS　　　　　B．Word　　　　C．Windows XP　　　　D．Excel

（17）下列关于解释程序和编译程序的论述中，正确的是（　　　）。

    A．编译程序和解释程序均能产生目标程序

    B．编译程序和解释程序均不能产生目标程序

    C．编译程序能产生目标程序，而解释程序则不能

    D．编译程序不能产生目标程序，而解释程序能

（18）防止软盘感染病毒的有效方法是（　　　）。

    A．对软盘进行格式化　　　　　　B．对软盘进行写保护

    C．对软盘进行擦拭　　　　　　　D．将软盘放到软驱中

（19）下列不属于网络拓扑结构形式的是（　　　）。

    A．星形　　　　　B．环形　　　　C．总线线　　　　D．分支

（20）域名中的 int 是指（　　　）。

    A．商业组织　　　　　　　　　　B．国际组织

    C．教育组织　　　　　　　　　　D．网络支持机构

2．文字录入题（共 15 分）

  网络计算机 Network Computer（NC）是我公司的主导产品，该系列产品由软件、硬件两大系统构成。网络计算机的软件系统采用嵌入式 Linux 操作系统，并支持 Windows 和 Linux 两种操作系统的关键应用。网络计算机在传统 NC 功能的基础上进行了特殊功能的拓展，增加了音频、视频文件的播放功能，可以实现视频点播（VOD）等多媒体功能，并可根据用户需求进行定制。网络计算机具有价格低廉、使用安全和安装简便等特点。网络计算机作为商用 PC 和字符终端的替代产品，在金融系统、教学领域、政府办公和企业管理等方面得到了广泛的应用。

3．操作题（共 20 分）

（1）在 C 盘中建立一个名为"学生文件夹"的文件夹。

（2）在"学生文件夹"中建立名为 BARE、BANK 和 TROUBLE 的 3 个子文件夹。

（3）在"学生文件夹"中的 TROUBLE 文件夹下建立 SUING 子文件夹。

（4）在"学生文件夹"中新建名为 bare.cnt、trouble.txt、bank.bmp 和 trouble.doc 的 4 个文件。

（5）将"学生文件夹"下的文件 trouble.txt 移到 TROUBLE\SUING 子文件夹中。

（6）将"学生文件夹"下的文件 bank.bmp 移到 BANK 文件夹中。

4．Word 操作题（共 25 分）

（文档开始）

北京市人口基本情况

  全市总人口：全市总人口为 1381.9 万人，与 1990 年 7 月 1 日 0 时第四次全国人口普查的 1081.9 万人相比，10 年 4 个月共增加了 300 万人，增长 27.7%。平均每年增加 29 万人，年平均增长率为 2.4%。

  自然增长：普查时点前一年，即 1999 年 11 月 1 日至 2000 年 10 月 31 日全市出生人口为 8.1 万人，人口出生率为 6.0‰；死亡人口为 7.0 万人，人口死亡率为 5.1‰；自然增加人口为

1.1 万人，人口自然增长率为 0.9‰。

　　性别构成：全市人口中，男性为 720.6 万人，占总人口的 52.1%；女性为 661.3 万人，占总人口的 47.9%。性别比（以女性为 100，男性对女性的比例）为 109.0，高于 1990 年第四次全国人口普查的 107.0。

　　年龄构成：全市人口中，0～14 岁的人口为 187.8 万人，占总人口的 13.6%；15～64 岁的人口为 1078.6 万人，占总人口的 78.0%；65 岁及以上的人口为 115.5 万人，占总人口的 8.4%。与 1990 年第四次全国人口普查相比，0～14 岁人口的比重下降了 6.6 个百分点，65 岁及以上人口的比重上升了 2.1 个百分点。

　　东城区：53.6 万人。

　　西城区：70.7 万人。

　　崇文区：34.6 万人。

　　宣武区：52.6 万人。

　　朝阳区：229.0 万人。

　　丰台区：136.9 万人。

　　石景山区：48.9 万人。

　　海淀区：224.0 万人。

　　门头沟区：26.7 万人。

　　房山区：81.4 万人。

　　通州区：67.4 万人。

（文档结束）

（1）将页面左、右边距各设置为 2 厘米，页面纸张大小设置为"16 开（18.4×26 厘米）"。

（2）将标题段文字"北京市人口基本情况"设置为三号、紫色、宋体、居中、字符间距加宽 3 磅，并添加黄色底纹。

（3）将正文各段落（全市总人口……上升了 2.1 个百分点）设置为左右各缩进 0.5 厘米，首字下沉 2 行。

（4）将文中后 11 行文字转换为一个 11 行 2 列的表格；设置表格居中，列宽为 3 厘米，并按"列 2"降序排列表格中的内容。

（5）设置表格内框线为 0.75 磅、单实线，外框线为 1.5 磅、绿色、单实线。

5. Excel 操作题（共 20 分）

（1）建立一个如图 A-3 所示的数据表（存放在 A1:E4 的区域内），并求出每个人的出错字符数，当前工作表为 Sheet1。

图 A-3　出错字符数源数据

（2）选择"姓名"、"输入字符数"、"出错字符数"3 列数据，绘制一个三维簇状柱形图图表，嵌入在数据表格下方（存放在 A6:F17 的区域内）。

（3）图表标题为"统计输入文档中出错文字情况"，数值轴标题为"输入字符数"，分类轴标题为"姓名"。

（4）将当前工作表 Sheet1 更名为"员工打字情况表"。

模拟试题（三）

1. 选择题（共 20 题，每题 1 分）

（1）计算机中数据的表示形式是（　　　）。

　　A．八进制　　　　　　B．十进制　　　　　C．二进制　　　　　　D．十六进制

（2）计算机可分为数字计算机、模拟计算机和混和计算机，这是按（　　）进行分类的。

　　A．功能和用途　　　B．性能和规律　　　C．工作原理　　　　D．控制器

（3）1946 年，世界上第一台（　　　）计算机投入运行。

　　A．存储程序　　　　B．微型　　　　　　C．人工智能　　　　D．电子

（4）下列不属于计算机应用领域的是（　　　）。

　　A．科学计算　　　　B．过程控制　　　　C．金融理财　　　D．计算机辅助系统

（5）计算机辅助工程简称（　　　）。

　　A．CAD　　　　　　B．CAI　　　　　　C．CAE　　　　　D．CAM

（6）下列有关计算机的叙述中，正确的是（　　　）。

　　A．计算机的主机只包括 CPU

　　B．计算机程序必须装载到内存中才能执行

　　C．计算机必须具有硬盘才能工作

　　D．计算机键盘上字母键的排列方式是随机的

（7）下列叙述中，错误的是（　　　）。

　　A．内存容量是指微型计算机硬盘所能容纳信息的字节数

　　B．微处理器的主要性能指标是字长和主频

　　C．微型计算机应避免强磁场的干扰

　　D．微型计算机机房湿度不宜过大

（8）微型计算机的运算器、控制器及内存储器的总称是（　　　）。

　　A．主机　　　　　　B．ALU　　　　　　C．CPU　　　　　D．MPU

（9）计算机的内存储器比外存储器（　　　）。

　　A．便宜　　　　　　　　　　　　　　B．存储量大

　　C．存取速度快　　　　　　　　　　　D．虽贵但能存储更多的信息

（10）对于 3.5 英寸软盘，移动滑块露出写保护孔，这时（　　　）。

　　A．只能长期保存信息，不能存取信息

　　B．能安全地存取信息

　　C．只能读取信息，不能写入信息

　　D．只能写入信息，不能读取信息

（11）二进制数 1111011111 转换成十进制数为（　　　）。

　　　A．990　　　　　　　B．899　　　　　　　C．995　　　　　　　D．991

（12）标准 ASCII 码字符集共有编码（　　）个。

　　　A．128　　　　　　　B．52　　　　　　　C．34　　　　　　　D．32

（13）在计算机中，用（　　）位二进制码组成一个字节。

　　　A．8　　　　　　　　B．16　　　　　　　C．32　　　　　　　D．64

（14）下列描述中，正确的是（　　）。

　　　A．激光打印机是击打式打印机

　　　B．软盘驱动器是存储器

　　　C．计算机运算速度可用每秒钟执行的指令条数来表示

　　　D．操作系统 A-5 是一种应用软件

（15）（　　）属于一种系统软件，缺少它，计算机就无法工作。

　　　A．汉字系统　　　　　　　　　　　B．操作系统

　　　C．编译程序　　　　　　　　　　　D．文字处理系统

（16）一般使用高级语言编写的程序称为源程序，这种程序不能直接在计算机中运行，需要由相应的语言处理程序翻译成（　　）程序才能运行。

　　　A．编译　　　　　　　B．目标　　　　　　　C．文书　　　　　　　D．汇编

（17）下列选项中，不属于计算机病毒的特征的是（　　）。

　　　A．破坏性　　　　　　B．潜伏性　　　　　　C．传染性　　　　　　D．免疫性

（18）下列关于计算机病毒的叙述中，正确的选项是（　　）。

　　　A．计算机病毒只感染.exe 或.com 文件

　　　B．计算机病毒可以通过读写软盘、光盘或 Internet 网络进行传播

　　　C．计算机病毒是通过电力网进行传播的

　　　D．计算机病毒是由于软盘片表面不清洁而造成的

（19）下列有关因特网的叙述中，错误的是（　　）。

　　　A．万维网就是因特网　　　　　　　B．因特网上提供了多种信息

　　　C．因特网是计算机网络的网络　　　D．因特网是国际计算机互联网

（20）中国的域名是（　　）。

　　　A．com　　　　　　　B．uk　　　　　　　C．cn　　　　　　　D．jp

2．文字录入题（共 15 分）

　　由于人口波动的原因，2000 年前后，我国出现初中入学高峰。根据教育部教育管理信息中心汇总的数据，1999—2003 年，小学毕业生出现明显高峰期，初中在校生随之大幅度增加，峰值为 2002 年。以 1998 年小学毕业生升学率 92.63%计，2002 年初中在校生达到 7005 万，比 1998 年增长了 30.63%。初中教育发展面临学龄人口激增和提高普及程度的双重压力，教育需求和供给矛盾将进一步尖锐。初中学龄人口高峰问题引起教育部的高度重视。1999 年下半年，基础教育司义务教育处曾就此问题对河南、河北、四川、山东 4 个人口大省进行了调查。

3．操作题（共 20 分）

（1）在 C 盘中建立一个名为"学生文件夹"的文件夹。

（2）在"学生文件夹"下建立 exer 和 user 两个子文件夹。

（3）在"学生文件夹"下的 user 文件夹中创建 user1 子文件夹，在"学生文件夹"下的 exer

文件夹中创建 exer1 子文件夹。

（4）在"学生文件夹"下的 user\user1 子文件夹中新建 user.txt 和 practice.txt 两个文件。

（5）将"学生文件夹"下 user\user1 子文件夹中的 practice.txt 文件移动到 exer\exer1 子文件夹中。

（6）将"学生文件夹"下的 exer\exer1 子文件夹中的 practice.txt 文件设置为"只读"属性。

4. Word 操作题（共 25 分）

（文档开始）

初中学龄人口高峰到来

由于人口波动的原因，2000 年前后，我国将出现初中入学高峰。根据教育部教育管理信息中心汇总的数据，1999—2003 年，小学毕业生出现明显高峰期，初中在校生随之大幅度增加，峰值为 2002 年。以 1998 年小学毕业生升学率 92.63% 计，2002 年初中在校生达到 7005万，比 1998 年增长了 30.63%。

初中教育发展面临学龄人口激增和提高普及程度的双重压力，教育需求和供给矛盾将进一步尖锐。

初中学龄人口高峰问题已引起教育部的高度重视。1999 年下半年，基础教育司义务教育处曾就此问题对河南、河北、四川、山东 4 个人口大省进行了调查。调查结果表明，全国及 4省几年来初中入学人数激增，2001—2002 年将达到峰值，由此将引发一系列问题，其中最关键的问题是校舍和师资的不足。

初中适龄人口高峰的到来，给全国"普九"工作和"普九"验收后的巩固提高工作带来很大压力，各种矛盾非常突出，必须下大决心、花大力气、用硬措施解决不可。

全国 4 省 1999—2003 年初中在校生情况表（单位：万人）

省名	1999 年	2000 年	2001 年	2002 年
河南	5843	6313	6690	7005
河北	532	620	699	743
四川	367	393	427	461
山东	606	678	695	675

（文档结束）

（1）将文中"在校生"替换为"在校学生"，并改为斜体，加下画线（单线）。

（2）将第一段标题（初中学龄人口高峰到来）设置为小三号、黑体、蓝色、居中、对标题文字加红色、阴影边框（线型和宽度为默认值）。

（3）除标题段和文后的表格数据外，其余部分用五号、黑体字，各段落的左、右各缩进1.2 厘米，首行缩进 0.8 厘米，并将正文第一段（含标题是第二段）中的"峰值"二字设置为小四号、黑体、加粗。

（4）将倒数第六行的统计表标题（全国 4 省 1999 年—2003 年……情况表（单位：万人））设置为小四号、宋体、居中。

（5）将最后五行统计数字转换成一个 5 行 5 列的表格，表格居中，列宽 2.8 厘米，表格中的文字设置为小五号、宋体、第一行和第一列中的文字居中，其他各行各列中的文字右对齐。

5. Excel 操作题（共 20 分）

（1）建立如图 A-4 所示的考生成绩数据表（存放在 A1:F4 区域内），其中考生号为数字字符串型数据，成绩为数值型数据。

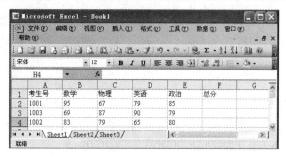

图 A-4　考生成绩源数据

（2）在"总分"列中，计算每位考生 4 门课的考分总和，将当前工作表 Sheet1 更名为"考生成绩表"。

（3）以"考生号"为横座标，"成绩"为纵坐标，绘制各考生的各门课考试成绩柱形图（簇状柱形图），并嵌入在数据表格下方（存放在 A7:F17 区域内），图表标题为"考生成绩图"。

模拟试题（四）

1. 选择题（共 20 题，每题 1 分）

（1）计算机之所以能按人们的意志自动进行工作，最直接的原因是因为采用了（　　）。

  A. 二进制数制　　　　　　　　　　B. 高速电子元件

  C. 存储程序控制　　　　　　　　　D. 程序设计语言

（2）微型计算机主机的主要组成部分是（　　）。

  A. 运算器和控制器　　　　　　　　B. CPU 和内存储器

  C. CPU 和硬盘存储器　　　　　　　D. CPU、内存储器和硬盘

（3）一个完整的计算机系统应该包括（　　）。

  A. 主机、键盘和显示器　　　　　　B. 硬件系统和软件系统

  C. 主机及其外部设备　　　　　　　D. 系统软件和应用软件

（4）计算机软件系统包括（　　）。

  A. 系统软件和应用软件　　　　　　B. 编译系统和应用软件

  C. 数据库管理系统和数据库　　　　D. 程序、相应的数据和文档

（5）微型计算机中，控制器的基本功能是（　　）。

  A. 进行算术和逻辑运算　　　　　　B. 存储各种控制信息

  C. 保持各种控制状态　　　　　　　D. 控制计算机各部件协调一致地工作

（6）计算机操作系统的作用是（　　）。

  A. 管理计算机系统的全部软、硬件资源，合理组织计算机的工作流程，以充分发挥计算机资源的效率，为用户提供使用计算机的友好界面

  B. 对用户存储的文件进行管理，方便用户

  C. 执行用户输入的各类命令

  D. 为汉字操作系统提供运行的基础

（7）计算机的硬件主要包括中央处理器（CPU）、存储器、输出设备和（　　）。

  A. 键盘　　　　　B. 鼠标　　　　　C. 输出设备　　　　　D. 显示器

（8）下列各组设备中，完全属于外部设备的一组是（　　）。

A．内存储器、磁盘和打印机　　　　B．CPU、软盘驱动器和 RAM
C．CPU、显示器和键盘　　　　　　D．硬盘、软盘驱动器、键盘

（9）五笔字型码输入法属于（　　）。
A．音码输入法　　　　　　　　　B．形码输入法
C．音形结合的输入法　　　　　　D．联想输入法

（10）一个 GB 2312 编码字符集中的汉字的机内码长度是（　　）。
A．32 位　　　　B．24 位　　　　C．16 位　　　　D．8 位

（11）RAM 的特点是（　　）。
A．断电后，存储在其内的数据将会丢失
B．存储在其内的数据将永久保存
C．用户只能读出数据，但不能随机写入数据
D．容量大但存取速度慢

（12）计算机存储器中，组成一个字节的二进制位数是（　　）。
A．4　　　　　　B．8　　　　　　C．16　　　　　D．32

（13）微型计算机硬件系统中最核心的部件是（　　）。
A．硬盘　　　　B．I/O 设备　　　C．内存储器　　　D．CPU

（14）无符号二进制整数 10111 转变成十进制整数，其值是（　　）。
A．17　　　　　B．19　　　　　C．21　　　　　D．23

（15）一条计算机指令中，通常包含（　　）。
A．数据和字符　　　　　　　　　B．操作码和操作数
C．运算符和数据　　　　　　　　D．运算数和结果

（16）KB（千字节）是度量存储器容量大小的常用单位之一，1KB 实际等于（　　）。
A．1000 个字节　　　　　　　　B．1024 个字节
C．1000 个二进制位　　　　　　D．1024 个字

（17）计算机病毒破坏的主要对象是（　　）。
A．磁盘片　　　　　　　　　　　B．磁盘驱动器
C．CPU　　　　　　　　　　　　D．程序和数据

（18）下列叙述中，正确的是（　　）。
A．CPU 能直接读取硬盘上的数据
B．CPU 能直接存取内存储器中的数据
C．CPU 由存储器和控制器组成
D．CPU 主要用来存储程序和数据

（19）在计算机的技术指标中，MIPS 用来描述计算机的（　　）。
A．运算速度　　　　　　　　　　B．时钟主频
C．存储容量　　　　　　　　　　D．字长

（20）局域网的英文缩写是（　　）。
A．WAM　　　　B．LAN　　　　C．MAN　　　　D．Internet

2．文字录入题（共 15 分）

当宇航员从太空中俯视我们这颗云蒸霞蔚、生机勃勃的行星时，当月球上的摄影机拍下一轮巨大的地球从月平线上升起时，我们都会为眼前的景象怦然心动。这就是我们地球母亲美丽

的容颜，这就是我们人类永远的故乡。由于大气和水更多吸收太阳光谱中的红色，这颗玲珑剔透的行星便静静焕发出独特的、梦幻般的蔚蓝。地球的年龄究竟有多大？这个难题曾经考验过许多科学家的智慧。有人想出用沉积岩形成的时间来测定，有人主张用海水含盐浓度的增加来推算，而最精确可靠、量程最大的宇宙计时器，显然要数放射性元素的蜕变了。根据对月球岩石和太阳系陨星的测定和比较，我们地球的高寿应该是 46 亿岁了。

3. 操作题（共 20 分）

（1）在考生文件夹下建立 peixun 子文件夹。

（2）在考生文件夹下查找所有文件大小小于 80KB 的 Word 文件，将找到的所有文件复制到 peixun 文件夹中。

（3）将 peixun 文件夹中的"tt.doc"文件重命名为"通讯录.doc"。

（4）将 peixun 文件夹的属性设置为"只读"。

（5）将 peixun 文件夹在资源管理器中的显示方式调整为"详细资料"，并且按"日期"排列。

4. Word 操作题（共 25 分）

（文档开始）

生硬是什么

就人而言，生硬是指人耳听到的那些东西，话音、歌声、音乐以及人们并不爱听的一些噪声都是生硬的表现形式。

从本质上说，生硬是一种振动，一个物体向后和向前运动（振动），瞬间把它附近的空气往一边推，然后返回原处时产生了一点真空，这个过程称为振动。一系列振动产生了一个波，就像把一块石头扔进水中时产生波纹一样。以波的形式运动的空气粒子使你的耳鼓膜振动，并传给内耳神经末梢，内耳神经末梢再接着把这些振动脉冲传送给大脑，大脑把它们感知为生硬。

（文档结束）

（1）将文中所有的"生硬"替换为"声音"。

（2）将标题段文字（"声音是什么"）设置为二号、蓝色、空心、黑体、加粗、居中、字符间距加宽 6 磅。

（3）将正文第一段（"就人而言……表现形式。"）设置为首字下沉 2 行（距正文 0.2 厘米），其余各段文字悬挂缩进设置为 0.65 厘米。

5. Excel 操作题（共 20 分）

（1）建立如图 A-5 所示的学生比例数数据表格。

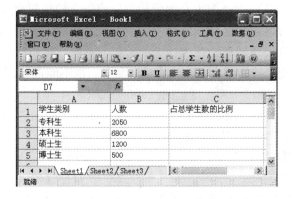

图 A-5 学生比例数源数据

（2）计算各类学生的比例。

（3）选择"学生类别"和"占总学生数的比例"两列数据，绘制嵌入式"分离型三维饼图"，在"数据标志"选项卡中选择"百分比"数据标签，图表标题为"学生结构图"，嵌入在学生工作表的 A7:F17 区域中。

（4）将该表格更名为"各类学生构成比例表"。

模拟试题（五）

1. 选择题（共 20 题，每题 1 分）

（1）世界上第一台电子计算机诞生于（　　）年。

A. 1939　　　　B. 1946　　　　C. 1952　　　　D. 1958

（2）第三代计算机使用的逻辑器件是（　　）。

A. 继电器　　　　　　　　　　B. 电子管

C. 大规模和超大规模集成电路　　D. 中小规模集成电路

（3）计算机的三大应用领域是（　　）。

A. 科学计算、信息处理和过程控制　　B. 计算、打字和家教

C. 科学计算、辅助设计和辅助教学　　D. 信息处理、办公自动化和家教

（4）对计算机特点的描述中，（　　）是错误的。

A. 无存储　　B. 精度高　　C. 速度快　　D. 会判断

（5）在计算机内部用来传送、存储、加工处理的数据或指令都是以（　　）形式进行的。

A. 二进制码　　B. 拼音简码　　C. 八进制码　　D. 五笔字型码

（6）一般计算机硬件系统的主要组成部件有五大部分，下列选项中不属于这五大部分的是（　　）。

A. 运算器　　　　　　　　B. 软件

C. 输入设备和输出设备　　D. 控制器

（7）微型计算机中运算器的主要功能是进行（　　）。

A. 算术运算　　　　　　B. 逻辑运算

C. 初等函数运算　　　　D. 算术和逻辑运算

（8）下列关于存储器的叙述中正确的是（　　）。

A. CPU 能直接访问存储在内存中的数据，也能直接访问存储在外存中的数据

B. CPU 不能直接访问存储在内存中的数据，能直接访问存储在外存中的数据

C. CPU 只能直接访问存储在内存中的数据，不能直接访问存储在外存中的数据

D. CPU 既不能直接访问存储在内存中的数据，也不能直接访问存储在外存中的数据

（9）微型计算机 Pentium 3-800，这里的"800"代表（　　）。

A. 内存容量　　B. 硬盘容量　　C. 字长　　D. CPU 的主频

（10）在下列存储器中，访问周期最短的是（　　）。

A. 硬盘存储器　　　　B. 外存储器

C. 内存储器　　　　　D. 软盘存储器

（11）二进制数 00111101 转换成十进制数为（　　）。

A. 58　　　　B. 59　　　　C. 61　　　　D. 65

（12）在微型计算机中，应用最普遍的字符编码是（　　）。

    A．ASCII 码　　　　B．BCD 码　　　　C．汉字编码　　D．补码

（13）下列 4 条叙述中，正确的是（　　）。

    A．字节通常用英文单词 bit 来表示

    B．Pentium 机的字长为 5 个字节

    C．计算机存储器中将 8 个相邻的二进制位作为一个单位，这种单位称为字节

    D．微型计算机的字长并不一定是字节的整数倍

（14）静态 RAM 的特点是（　　）。

    A．在不断电的条件下，其中的信息不能长时间保持不变，因而必须定期刷新才不致丢失信息

    B．在不断电的条件下，其中的信息保持不变，因而不必定期刷新

    C．其中的信息只能读不能写

    D．其中的信息断电后也不会丢失

（15）下列 4 个软件中，属于系统软件的是（　　）。

    A．C 语言编译程序　　　　　　　B．行政管理软件

    C．Word 字处理软件　　　　　　D．工资管理软件

（16）用高级程序设计语言编写的程序称为（　　）。

    A．目标程序　　　　　　　　　　B．可执行程序

    C．源程序　　　　　　　　　　　D．伪代码程序

（17）计算机病毒是（　　）。

    A．一类具有破坏性的程序　　　　B．一类具有破坏性的文件

    C．一种专门侵蚀硬盘的霉菌　　　D．一种用户误操作的后果

（18）HTML 的正式名称是（　　）。

    A．主页制作语言　　　　　　　　B．超文本标识语言

    C．Internet 编程语言　　　　　　D．WWW 编程语言

（19）计算机网络按地理范围可分为（　　）。

    A．广域网、城域网和局域网　　　B．广域网、因特网和局域网

    C．因特网、城域网和局域网　　　D．因特网、广域网和对等网

（20）下面电子邮件地址的书写格式正确的是（　　）。

    A．kaoshi@sina.com　　　　　　B．kaoshi，@sina.com

    C．kaoshi@，sina.com　　　　　D．kaoshisina.com

2．文字录入题（共 15 分）

    此诗望远怀人之词，寓情于境界之中。一起写平林寒山境界，苍茫悲壮。梁元帝赋云："登楼一望，唯见远树含烟。平原如此，不知道路几千。"此词境界似之。然其写日暮景色，更觉凄黯。此两句，自内而外。"暝色"两句，自外而内。烟如织、伤心碧，皆暝色也。两句折到楼与人，逼出"愁"字，唤醒全篇。所以觉寒山伤心者，以愁之故；所以愁者，则以人不归耳。下篇，点明"归"字。"空"字，亦从"愁"字来。鸟归飞急，写出空间动态，写出鸟之心情。鸟归人不归，故云此首望远怀人之词，寓情于境界之中。

3．操作题（共 20 分）

（1）在 C 盘中建立一个名为"学生文件夹"的文件夹。

（2）在"学生文件夹"下建立名为 User1、User2 和 User3 的 3 个子文件夹。

（3）在"学生文件夹"下的 User1 文件夹中新建 year.doc、file.txt、chap1.doc 和 taskman.exe 4 个文件。

（4）在"学生文件夹"下的 User2 文件夹中新建 Test1 文件夹和 Test2 文件夹。

（5）在"学生文件夹"下的 User3 文件夹中新建 Year1 文件夹和 Year2 文件夹。

（6）在"学生文件夹"下的 User3\Year2 文件夹中新建 data1.txt、data2.doc 和 data3.xls 三个文件。

4. Word 操作题（共 25 分）

（文档开始）

菩 萨 蛮

李 白

平林漠漠烟如织，寒山一带伤心碧。暝色入高楼，有人楼上愁。

玉阶空伫立，宿鸟归飞急。何处是归程，长亭更短亭。

解析：此诗望远怀人之词，寓情于境界之中。一起写平林寒山境界，苍茫悲壮。梁元帝赋云："登楼一望，唯见远树含烟。平原如此，不知道路几千。"此词境界似之。然其写日暮景色，更觉凄黯。此两句，自内而外。"暝色"两句，自外而内。烟如织、伤心碧，皆暝色也。两句折到楼与人，逼出"愁"字，唤醒全篇。所以觉寒山伤心者，以愁之故；所以愁者，则以人不归耳。下篇，点明"归"字。"空"字，亦从"愁"字来。鸟归飞急，写出空间动态，写出鸟之心情。鸟归人不归，故云此首望远怀人之词，寓情于境界之中。"空伫立"，"何处"两句，自相呼应，仍以境界结束。但见归程，不见归人，语意含蓄不尽。

（文档结束）

（1）设置字体。第一行标题为隶书，第二行为仿宋_GB2312，第二、三行，最后一段"解析"为华文新魏，其余为楷体_GB2312。

（2）设置字号。第一行标题为二号，正文为四号。

（3）设置字形。"解析"加双下画线。

（4）设置对齐方式。第一行和第二行为居中对齐。

（5）设置段落缩进。正文首行缩进 2 个字符。

（6）设置行间距。第一行为段前 1 行、段后 1 行，第二行为段后 0.5 行，最后一段为段前 1 行。

5. Excel 操作题（共 20 分）

（1）建立如图 A-6 所示的考生成绩数据表。

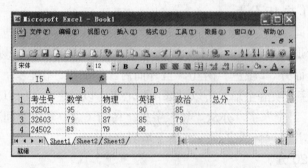

图 A-6　考生成绩源数据

（2）将当前工作表 Sheet1 更名为"考生成绩表"。

（3）在"总分"列中，计算每位考生 4 门课的成绩总和（结果的数字格式为常规样式）。

（4）选"考生号"和"总分"两列数据，"考生号"为分类（X）轴标题，"总分"为数值（Y)轴标题，绘制各考生的考试成绩柱形图（簇状柱形图），嵌入在数据表格下方（存放在 A7:F17 区域内），图表标题为"考生成绩"。

附录 B　综合练习题及参考答案

一、判断题

1. 字符 9 的 ASCII 码是 0001001，字符 8 的 ASCII 码是 0001000。　　　（　）
2. 在计算机中采用二进制的主要原因是，十进制在计算机中无法实现。　（　）
3. 在高密驱动器下只能使用高密软盘。　　　　　　　　　　　　　　　（　）
4. 在 ASCII 码字符编码中，控制符号无法显示或打印出来。　　　　　　（　）
5. 用 4KB 表示存储器容量，准确地说应该是 4000 个字节的存储容量。　（　）
6. 微处理器就是微型计算机。　　　　　　　　　　　　　　　　　　　（　）
7. 算盘是目前世界上最早产生的计算工具。　　　　　　　　　　　　　（　）
8. 十六进制数 79 对应的八进制数为 144。　　　　　　　　　　　　　（　）
9. 十六进制数 2B9 可表示成 2B9H。　　　　　　　　　　　　　　　　（　）
10. 十进制数 120 转换成二进制数是 1111000。　　　　　　　　　　　（　）
11. 计算机中的总线也就是传递数据用的数据线。　　　　　　　　　　（　）
12. 计算机显示器只能显示字符，不能显示图形。　　　　　　　　　　（　）
13. 计算机的指令是一组二进制代码，是计算机可以直接执行的操作命令。（　）
14. 汇编语言是各种计算机机器语言的总汇。　　　　　　　　　　　　（　）
15. 给定二进制数 00111000，若它为 ASCII 码时，它表示的十进制数为 9。（　）
16. 冯·诺依曼（John Von Neumann）是存储程序控制观念的创始者。　（　）
17. 二进制数 101100 转换成等值的八进制数是 45。　　　　　　　　　（　）
18. 第二代计算机以电子管为主要逻辑元件，体积大、电路复杂且易出故障。（　）
19. 存储器容量的大小可用 KB 为单位来表示，1KB 表示 1024 个二进制位。（　）
20. 八进制数 170 对应的二进制数是 11110011。　　　　　　　　　　　（　）
21. UPS 电源对计算机能起到保护作用。　　　　　　　　　　　　　　（　）
22. RAM 所存储的数据只能读取，但无法将新数据写入其中。　　　　　（　）
23. ASCII 码通常情况下是 8 位。　　　　　　　　　　　　　　　　　（　）
24. ASCII 码的作用是把要处理的字符转换为二进制代码，以便进行传送和处理。（　）
25. 十六进制数 79 对应的十进制数为 247。　　　　　　　　　　　　　（　）
26. 任何需要处理的数据，必须先存入计算机的主存储器中。　　　　　（　）
27. 击打式打印机每次可以打印多份　　　　　　速度可高达每分钟数千行。（　）
28. 打印机上的指示灯"ON LINE　　　　　　　　　　　　　　　　　（　）
29. 打印机在打印汉字时出现乱字　　　　　器受了计算机病毒侵蚀。　（　）
30. 显示器既是输入设备又是输出设　　　　　　　　　　　　　　　　（　）
31. 磁盘既可作为输入设备又可作为输出设备。　　　　　　　　　　　（　）
32. 显示控制（适配器）是系统总线与显示器之间的接口。　　　　　　（　）
33. 安装鼠标后，无须安装鼠标驱动程序便可使用。　　　　　　　　　（　）
34. 所存数据只能读取，无法将新数据写入的存储器称为 RAM。　　　　（　）

35．存储器地址是代表某一内存位置的编号。　　　　　　　　　　　（　　）

36．将数据或程序存入 ROM 后，以后不能再更改。　　　　　　　　（　　）

37．软盘驱动器属于主机，软盘属于外设。　　　　　　　　　　　　（　　）

38．磁盘里的数据按照磁道的形式来存放。　　　　　　　　　　　　（　　）

39．磁盘驱动器存取数据的基本单位为字节。　　　　　　　　　　　（　　）

40．计算机的内存容量表示主板上只读存储器的大小。　　　　　　（　　）

41．负责存储各项程序及数据的装置称为存储器。　　　　　　　　（　　）

42．通常所说的计算机存储容量是以 ROM 的容量为准。　　　　　　（　　）

43．随机存储器能从任意的存储地址读出内容，且其存取时间基本是不变的。（　　）

44．主存储器多半是半导体构成的，所以易受破坏。　　　　　　　（　　）

45．就硬盘而言，每个盘片的磁柱数和磁道数是相等的。　　　　　（　　）

46．驱动器的读写头是接触着软盘的，所以读写头不可能被碰撞坏。（　　）

47．硬盘的着陆区是指关机时驱动器读写头应该优先停放的柱面。　（　　）

48．只提供一个操作数的命令称为单地址或单操作数指令。　　　　（　　）

49．无条件转移指令属于程序控制指令。　　　　　　　　　　　　（　　）

50．购置微机首先要明确所购微机的配置情况。　　　　　　　　　（　　）

51．品牌微机的最大优点是质量好。　　　　　　　　　　　　　　（　　）

52．目前常用的国产品牌机是联想、方正等。　　　　　　　　　　（　　）

53．品牌微机的最大缺点是价格较高。　　　　　　　　　　　　　（　　）

54．Windows 操作系统既允许运行 Windows 文件，也允许运行非 Windows 文件。（　　）

55．Windows 的所有操作都可以通过桌面来实现。　　　　　　　　（　　）

56．Windows 中"我的电脑"不仅可以进行文件管理，还可以进行磁盘管理。（　　）

57．Windows 中，可以利用"任务栏"进行桌面图标的排列。　　　（　　）

58．Windows 不允许用户进行系统配置。　　　　　　　　　　　　（　　）

59．Windows 的窗口是不可改变大小的。　　　　　　　　　　　　（　　）

60．Windows 的窗口是可以移动位置的。　　　　　　　　　　　　（　　）

61．Windows 的剪贴板只能存放文本信息。　　　　　　　　　　　（　　）

62．Windows 的任务栏在默认的情况下位于屏幕的底部。　　　　　（　　）

63．Windows XP 及 Windows 98 具有屏幕保护功能。　　　　　　　（　　）

64．Windows 提供了复制活动窗口图像到剪贴板的功能。　　　　　（　　）

65．按 F5 键即可在资源管理器窗口中更新信息。　　　　　　　　（　　）

66．从 Windows 切换到 DOS 以后，在 DOS 窗口下删除的文件，可以从 Windows 的回收站中恢复。　　　　　　　　　　　　　　　　　　　　　　（　　）

67．当一个应用程序窗口被最小化后，该应用程序被终止运行。　（　　）

68．要将整个桌面的内容存入剪贴板，应按 Alt+PrintScreen 组合键。（　　）

69．用户不能在 Windows 中隐藏任务栏。　　　　　　　　　　　（　　）

70．在 Windows 的任务栏被隐藏时，用户可以用按 Ctrl+Esc 组合键打开"开始"菜单。
　　　　　　　　　　　　　　　　　　　　　　　　　　　　（　　）

71．在 Windows 中，"资源管理器"可以对系统资源进行管理。　（　　）

72．在 Windows 中，Reports.Sales.Davi.May 98 是正确的文件名。（　　）

73．在 Windows 中，被删除的文件或文件夹可以被放进"回收站"中。　　　　（　）

74．在 Windows 中，不小心对文件或文件夹进行了错误操作，可以利用"编辑"菜单中的"撤销"命令或按 Ctrl+Z 组合键，取消原来的操作。　　　　　　　　　　　（　）

75．在 Windows 中，单击对话框中的"确定"按钮与按回车键的作用是一样的。　（　）

76．在 Windows 中，利用控制面板窗口中的"安装新硬件"向导工具，可以安装新硬件。
　　　　　　　　　　　　　　　　　　　　　　　　　　　　　　　　　　　（　）

77．在 Windows 中，若在某一文档中连续进行了多次剪切操作，当关闭该文档后，"剪贴板"中存放的是所有剪切过的内容。　　　　　　　　　　　　　　　　　　　（　）

78．在 Windows 中按"Shift+空格键"组合键，可以在英文和中文输入法之间切换。　（　）

79．在 Windows 的窗口中，当窗口内容不能完全显示在窗口中时，窗口中会出现滚动条。
　　　　　　　　　　　　　　　　　　　　　　　　　　　　　　　　　　　（　）

80．在 Windows 中，键盘已经没有用处了。　　　　　　　　　　　　　　　　（　）

81．在 Windows 中，可以对桌面上图标的顺序进行重新排列。　　　　　　　　（　）

82．在 Windows 中，用户不能对"开始"菜单进行添加或删除。　　　　　　　（　）

83．在 Windows 中所有菜单只能通过鼠标才能打开。　　　　　　　　　　　　（　）

84．在 Windows 资源管理器窗口中单击某一文件夹的图标就能看到该文件夹的所有内容。
　　　　　　　　　　　　　　　　　　　　　　　　　　　　　　　　　　　（　）

85．在资源管理器窗口中，有的文件夹前面带有一个加号，它表示的意思是该文件夹中含有文件或文件夹。　　　　　　　　　　　　　　　　　　　　　　　　　　　（　）

86．（Word 文字处理）使用"插入"菜单中的"符号"命令，可以插入特殊字符和符号。
　　　　　　　　　　　　　　　　　　　　　　　　　　　　　　　　　　　（　）

87．（Word 文字处理）在 Windows 95 中制作的图形不能插入到 Word 中。　　（　）

88．（Word 文字处理）自动更正词条主要是更正文字，不可以更正图片。　　　（　）

89．在 Word 环境下，可以在编辑文件的同时打印另外一份文件。　　　　　　（　）

90．在 Word 环境下，用户只能通过使用鼠标调整段落的缩排。　　　　　　　（　）

91．（Word 文字处理）合并数据源和主文档时，Word 将用数据源中相应域的信息替换主文档中合并域。　　　　　　　　　　　　　　　　　　　　　　　　　　　　　（　）

92．（Word 文字处理）Word 中文件的打印只能全文打印，不能有选择地打印。　（　）

93．（Word 文字处理）除了菜单栏的下拉式菜单外，Word 2003 还提供单击鼠标右键获得快捷菜单的方法。　　　　　　　　　　　　　　　　　　　　　　　　　　　　（　）

94．在 Word 环境下，制表符提供了使文字缩排和垂直对齐的一种方法。用户按一下空格键就在文档中插入一个制表符。　　　　　　　　　　　　　　　　　　　　　（　）

95．（Word 文字处理）可以用菜单建立表格。首先将插入点置于指定位置，然后在菜单栏中选择"表格"→"插入表格"命令，打开"插入表格"对话框，默认时提示建立 2 行 2 列表格。　　　　　　　　　　　　　　　　　　　　　　　　　　　　　　　　（　）

96．制表符前导字符每次都需要用户逐个字符输入。　　　　　　　　　　　　　（　）

97．在 Word 环境下，使用"替换"可以节约文本录入的时间。　　　　　　　　（　）

98．（Word 文字处理）图文框中既可以有文本，也可以放入图形。　　　　　　（　）

99．在 Word 环境下，使用工作区上方的标尺可以很容易地设置页边距。　　　　（　）

100．（Word 文字处理）Word 只能编辑文档，不能编辑图形。　　　　　　　　（　）

101．（Word 文字处理）主文档实际上是包含在每一份合并结果中的那些相同的文本内容。（　　）

102．在 Word 环境下，用户可以修改已存在的自动更正项。修改后，文档中以前插入的自动更正项将全部自动替换。（　　）

103．（Word 文字处理）Word 2003 只能将文档的全部文字横向排列，而不能将文档的文字全部竖排。（　　）

104．在 Word 的默认环境下，编辑的文档每隔 10 分钟就会自动保存一次。（　　）

105．（Word 文字处理）在"文件"菜单中选择"打印"命令，屏幕上出现"打印"对话框。（　　）

106．（Word 文字处理）Word 提供了保护文档的功能，用户可以为文档设置保护口令。（　　）

107．在 Word 环境下，使用自动套用格式可以删除段落之间多余的空格。（　　）

108．在 Word 环境下，被删除了的一段文字，无法再恢复，只能重新输入。（　　）

109．（Excel 电子表格）Excel 工作簿的表格称为"列表"，"列表"就是一个二维数据表格。（　　）

110．（Excel 电子表格）Excel 没有自动填充和自动保存功能。（　　）

111．（Excel 电子表格）工作表中的列宽和行高是固定不变的。（　　）

112．（Excel 电子表格）双击 Excel 窗口左上角的控制菜单可以快速退出 Excel。（　　）

113．D2 单元格中的公式为=a2+a3-c2，向下自动填充时，D3 单元格的公式应为 a3+b3-c3。（　　）

114．Excel 的函数中有多个参数时，必须以分号隔开。（　　）

115．Excel 的默认字体设置为"宋体"。（　　）

116．Excel 对于每一个新建的工作簿，都会采用"Book1"作为它的临时名字。（　　）

117．Excel 工作表中，文本数据在单元格的默认显示为靠右对齐。（　　）

118．Excel 文档与数据库（Foxpro）文件间的格式可以互换。（　　）

119．Excel 中的图表是指将工作表中的数据用图形表示出来。（　　）

120．单元格的地址由所在的行和列决定，如 B5 单元格在 B 行、5 列。（　　）

121．可以使用填充柄进行单元格复制。（　　）

122．启动 Excel 后，会自动产生一个名为 Book1.doc 的文件（　　）

123．如果要选择不连续区域打印，则可按 Shift 键+鼠标来选择多个区域，多个区域将分别被打印在不同页上。（　　）

124．手动分页的方法是：将光标移至需要在其上面插入分页的第一列单元格中，选择"工具"→"分页符"命令，则在此单元格上面出现一条横虚线。（　　）

125．退出 Excel 可利用选择"文件"→"关闭"命令来退出。（　　）

126．在 Excel 工作表中可以完成超过三个关键字的排序。（　　）

127．在 Excel 中，所有文字型数据在单元格中均向左对齐。（　　）

128．在数值型数据中不能包含任何大小写英文字母。（　　）

129．局域网的地理范围一般在几千米之内，具有结构简单、组网灵活的特点。（　　）

130．用电缆连接多台计算机就构成了计算机网络。（　　）

131．在计算机网络中，LAN 指的是广域网。（　　）

132. 只有具有法人资格的企业、事业单位或政府机关才能拥有 Internet 网上的域名，普通个人用户不能拥有域名。　　　　　　　　　　　　　　　　　　　　　（　　）

133. 在计算机网络中只能共享软件资源，不能共享硬件资源。　　　　　　　（　　）

134. TCP/IP 协议是 Internet 网络的核心。　　　　　　　　　　　　　　　（　　）

二、单项选择题

1. 磁盘可与（　　）直接作用。
   A. 内存储器　　　B. 微处理器　　　C. 运算器　　　D. 控制器

2. 若运行中突然掉电，则微机中（　　）会全部丢失，再次通电后也不能完全恢复。
   A. ROM 和 RAM 中的信息　　　B. ROM 中的信息
   C. RAM 中的信息　　　D. 硬盘中的信息

3. 给定一字节 00111001，若它为 ASCII 码时，则表示的十进制数为（　　）。
   A. 9　　　B. 57　　　C. 39　　　D. 8

4. 汉字的字模可用点阵来表示，存储点阵中的一个点占（　　）。
   A. 一个字节　　　B. 两个字节　　　C. 一个字　　　D. 二进制中一位

5. 二进制数 11011+1101 等于（　　）。
   A. 100101　　　B. 10101　　　C. 101000　　　D. 10011

6. 在计算机内部，所有需要计算机处理的数字、字母、符号都是以（　　）来表示的。
   A. 二进制码　　　B. 八进制码　　　C. 十进制码　　　D. 十六进制码

7. 信息的最小单位是（　　）。
   A. 字　　　B. 字节　　　C. 位　　　D. ASCII 码

8. 八进制数 173 对应的二进制数是（　　）。
   A. 1111011　　　B. 111111　　　C. 1111101　　　D. 100111

9. IBM PC 是一台（　　）计算机。
   A. 个人微型　　　B. 超级微型　　　C. 小型　　　D. 第五代

10. 给定二进制数 00111000，若它为 ASCII 码时，它表示的十进制数为（　　）。
    A. 9　　　B. 56　　　C. 39　　　D. 8

11. 微型计算机内存储器的地址是（　　）。
    A. 按二进制位编码　　　B. 按字节编码
    C. 按字长编码　　　D. 根据微处理器型号不同而编码不同

12. 下列各种进制的数中最小的数是（　　）。
    A. 001011（B）　　　B. 52（O）　　　C. 2B（H）　　　D. 44（D）

13. 按使用器件规划分计算机发展史，当前使用的微型计算机是（　　）计算机。
    A. 集成电路　　　B. 晶体管　　　C. 电子管　　　D. 大规模集成电路

14. 386 计算机字长为（　　）。
    A. 16Bit　　　B. 16Byte　　　C. 32Bit　　　D. 32Byte

15. 十进制数 180 对应的八进制数是（　　）。
    A. 270　　　B. 462　　　C. 113　　　D. 264

16. 计算机系统存储器容量的基本单位是（　　）。
    A. 位　　　B. 字节　　　C. 字　　　D. 块

17. 将八进制数 154 转换成二进制数是（　　）。

A. 1101100   B. 111011   C. 1110100   D. 111101
18. 十进制数 215 对应的十六进制数是（   ）。
    A. B7   B. C6   C. D7   D. EA
19. 微型计算机可简称为（   ）。
    A. 微电机   B. 微机   C. 计算机   D. 电脑
20. 计算机字长取决于（   ）的宽度。
    A. 数据总线   B. 地址总线   C. 控制总线   D. 通信总线
21. 在计算机应用的有关书籍中，MIS 通常是指（   ）的英文缩写。
    A. 医院信息管理系统   B. 管理信息系统
    C. 管理智能系统   D. 管理决策系统
22. 美国 DEC 公司生产的 64 位 CPU 是 RISC（精简指令集）芯片，其名称是（   ）。
    A. Alpha AXP   B. Power PC   C. AIX   D. Pentium
23. 计算机能直接运行的程序在计算机内部以（   ）编码形式存放。
    A. 条形码   B. 二进制   C. 十六进制   D. 二–十进制
24. 拥有计算机并以拨号方式接入网络的用户需要使用（   ）。
    A. CD-ROM   B. 鼠标   C. 电话机   D. 调制解调器
25. 用 8 位二进制数的补码形式表示一个带符号数，它能表示的整数范围是（   ）。
    A. –127～+127   B. –128～+128   C. –127～+128   D. –128～+127
26. 世界上第一台电子计算机于 1946 年在（   ）诞生。
    A. 法国   B. 美国   C. 匈牙利   D. 英国
27. ASCII 码值 1000010 对应的字符是（   ）。
    A. A   B. B   C. C   D. D
28. 在有符号数表示中，采用二进制是因为（   ）。
    A. 可降低硬件成本   B. 两个状态的系统具有稳定性
    C. 二进制的运算法则简单   D. 上述三个原因
29. "A" 的 ASCII 码值（十进制）为 65，则 "D" 的 ASCII 码值（十进制）为（   ）。
    A. 68   B. 62   C. 69   D. 70
30. 巨型机是指（   ）的计算机系统。
    A. 体积大   B. 耗电量大   C. 速度快   D. 大公司生产
31. 下列因素中，对微型计算机工作影响最小的是（   ）。
    A. 磁场   B. 温度   C. 湿度   D. 噪声
32. PCI 系列 586/60 微型计算机，其中 PCI 是（   ）。
    A. 产品型号   B. 总线标准   C. 微机系统名称   D. 微处理器型号
33. 世界上首次提出存储程序计算机体系结构的是（   ）。
    A. 莫奇莱   B. 艾仑·图灵   C. 乔治·布尔   D. 冯·诺依曼
34. 下列各类型计算机中，（   ）机的精确度最高。
    A. 巨型   B. 大型   C. 小型   D. 微型
35. 字符 "1" 对应的 ASCII 码值是（   ）。
    A. 43   B. 44   C. 49   D. 56
36. 某微机的硬盘容量为 1GB，其中 G 表示（   ）。

A. 1000K　　　　B. 1024K　　　　C. 1000M　　　　D. 1024M

37. 第一至四代计算机使用的基本元件分别是（　　）。
A. 晶体管、电子管、中小规模集成电路、大规模集成电路
B. 晶体管、电子管、大规模集成电路、超大规模集成电路
C. 电子管、晶体管、中小规模集成电路、大规模集成电路
D. 电子管、晶体管、大规模集成电路、超大规模集成电路

38. 浮点数的阶码可用补码或增码（移码）表示，数的表示范围是（　　）。
A. 二者相同　　　　　　　　　　B. 前者大于后者
C. 前者小于后者　　　　　　　　D. 前者是后者的两倍

39. UPS 的中文名称是（　　）。
A. 电子交流稳压器　　　　　　　B. 不间断电源
C. 阴极射线管　　　　　　　　　D. 中央处理器

40. （　　）不属于逻辑运算。
A. 非运算　　　　B. 与运算　　　　C. 除法运算　　　　D. 或运算

41. 所谓超大规模集成电路（VLSI）是指一片 IC 芯片上能集成（　　）个元件。
A. 数十　　　　B. 数百　　　　C. 数千　　　　D. 数万以上

42. 就其工作原理而论，当代计算机都是基于冯·诺依曼提出的（　　）原理。
A. 存储程序　　　B. 存储程序控制　C. 自动计算　　　D. 程序控制

43. （　　）不等于 1MB。
A. 2 的 20 次方字节　B. 100 万字节　C. 1024×1024 字节　D. 1024KB

44. 每秒执行百万指令数简称为（　　）。
A. CPU　　　　B. MIPS　　　　C. RAM　　　　D. IPS

45. 美国 DEC 公司的 RISC（精简指令集）Alpha AXP 芯片是真正的（　　）位 CPU。
A. 16　　　　B. 64　　　　C. 128　　　　D. 32

46. IBM、Apple 和 Motorola 开发的 RISC 芯片，名称是（　　）。
A. AXP　　　　B. Power PC　　　　C. AIX　　　　D. Pentium

47. 下列数据中的最大的数是（　　）。
A. 227（O）　　　B. 1FF（H）　　　C. 1010001（B）　　　D. 989（D）

48. 计算机发生死机时若不能接收键盘信息，最好采用（　　）方法重新启动计算机。
A. 冷启动　　　　B. 热启动　　　　C. 复位启动　　　　D. 存储器

49. 调制解调器的功能是实现（　　）。
A. 模拟信号与数字信号的转换　　B. 数字信号的编码
C. 模拟信号的放大　　　　　　　D. 数字信号的整形

50. 计算机硬件主要包括运算控制单元、（　　）、输入设备、输出设备等部件。
A. 屏幕　　　　B. 键盘　　　　C. 打印机　　　　D. 存储器

51. （　　）是内存储器中的一部分，CPU 对它们只能读取不能存储内容。
A. RAM　　　　B. 随机存储器　　C. ROM　　　　D. 键盘

52. 计算机的指令主要存放在（　　）中。
A. CPU　　　　B. 微处理器　　　C. 存储器　　　　D. 键盘

53. 电子计算机的算术/逻辑单元、控制单元和寄存单元合称为（　　）。

　　A．CPU　　　　　　B．外设　　　　　　C．主机　　　　　　D．辅助存储器

54．（　　　）不属于微机 CPU。

　　A．累加器　　　　　B．运算器　　　　　C．控制器　　　　　D．内存

55．计算机中运算器又称为（　　　）。

　　A．ALU　　　　　　B．ADD　　　　　　C．ROM　　　　　　D．RAM

56．程序计数器中存放当前要执行的（　　　）。

　　A．指令的地址　　　B．指令　　　　　　C．数据　　　　　　D．地址

57．计算机向使用者传递计算、处理结果的设备称为（　　　）。

　　A．输入设备　　　　B．输出设备　　　　C．存储器　　　　　D．微处理器

58．键盘上的 Pause 键是（　　　）。

　　A．屏幕打印键　　　B．插入键　　　　　C．暂停键　　　　　D．换挡键

59．（　　　）是大写字母锁定键，主要用于连续输入若干个大写字母。

　　A．Tab　　　　　　B．Ctrl　　　　　　C．Alt　　　　　　　D．Caps Lock

60．打印机是一种（　　　）。

　　A．输出设备　　　　B．输入设备　　　　C．存储器　　　　　D．运算器

61．在以下所列设备中，属于计算机输入设备的是（　　　）。

　　A．键盘　　　　　　B．打印机　　　　　C．显示器　　　　　D．绘图仪

62．下列外围设备中，（　　　）不属于输出设备。

　　A．打印机　　　　　B．显示器　　　　　C．读卡机　　　　　D．绘图仪

63．（　　　）的任务是将计算机外部的信息送入计算机。

　　A．输入设备　　　　B．输出设备　　　　C．软盘　　　　　　D．电源线

64．在下列设备中，（　　　）属于输出设备。

　　A．显示器　　　　　B．键盘　　　　　　C．鼠标器　　　　　D．软盘

65．（　　　）是用来存储程序及数据的装置。

　　A．输入设备　　　　B．存储器　　　　　C．控制器　　　　　D．输出设备

66．（　　　）是非击打式打印机。

　　A．激光打印机　　　B．24 针打印机　　C．行式打印机　　　D．针式打印机

67．驱动器读/写数据的基本存取单位为（　　　）。

　　A．比特　　　　　　B．字节　　　　　　C．字组　　　　　　D．扇区

68．喷墨打印机的最大缺点是（　　　）。

　　A．噪声大　　　　　B．洇纸　　　　　　C．速度慢　　　　　D．价高

69．打印机通过信号电缆连接到微机的（　　　）接口上。

　　A．打印机　　　　　B．并行　　　　　　C．异步通信　　　　D．串行

70．软盘外框上的矩形缺口是用于判断该盘是否处于（　　　）。

　　A．机械定位　　　　B．"0" 磁道定位　C．写保护　　　　　D．读保护

71．对 5.25 英寸软盘，用不透光纸片贴住写保护口，就（　　　）数据。

　　A．只能存入新数据而不能读

　　B．长期存放不能存取

　　C．能安全地存取

　　D．只能读取数据而不能存入新数据

72. 下列语句中不恰当的是（　　　）。
    A. 磁盘应远离高温及磁性物体　　　　　B. 避免接触磁盘上暴露的部分
    C. 不要弯曲磁盘　　　　　　　　　　　D. 磁盘标签没有太大用途
73. 目前计算机上最常用的外存储器是（　　　）。
    A. 打印机　　　　B. 数据库　　　　C. 磁盘　　　　D. 数据库管理系统
74. 软盘连同软盘驱动器是一种（　　　）。
    A. 外部设备　　　　B. 外存储器　　　　C. 内存储器　　　　D. 数据库
75. 内存中每个基本单位都被赋予唯一的序号，称为（　　　）。
    A. 地址　　　　B. 字节　　　　C. 编号　　　　D. 容量
76. 软盘驱动器是一种（　　　）。
    A. 主存储器　　　B. 数据通信设备　C. 辅助存储器　　D. CPU 的一部分
77. 计算机主存储器的主要用途是（　　　）。
    A. 存储指令和数字　　　　　　　　　B. 存储程序指令和地址
    C. 存储数据和程序　　　　　　　　　D. 存储号码和地址
78. 对于 5.25 英寸与 3.5 英寸软盘，说法不正确的是（　　　）。
    A. 5.25 英寸容量更大　　　　　　　　B. 都可以进行写保护
    C. 都可以做 DOS 盘　　　　　　　　　D. 都能存放文件
79. （　　　）是存储速度最快的输入媒体。
    A. 卡片　　　　B. 磁带　　　　C. 软盘　　　　D. 硬盘
80. 下列描述中，正确的是（　　　）。
    A. 激光打印机是击打式打印机
    B. 软盘驱动器是存储器
    C. 计算机运算速度可用每秒执行指令的条数来表示
    D. 操作系统是一种应用软件
81. 下列说法中，（　　　）是正确的。
    A. 软盘的数据存储量远远少于硬盘
    B. 软盘可以是好几张磁盘合成的一个磁盘组
    C. 软盘的体积较硬盘大
    D. 读取硬盘上数据所需的时间较软盘多
82. （　　　）是存取臂将读写头定位于正确磁道或磁柱的时间。
    A. 存取时间　　B. 旋转延长时间　　C. 数据传输时间　　D. 查找时间
83. 根据软件的用途，计算机软件一般可分为（　　　）。
    A. 系统软件和非系统软件　　　　　　B. 系统软件和应用软件
    C. 应用软件和非应用软件　　　　　　D. 系统软件和管理软件
84. （　　　）不是计算机高级语言。
    A. BASIC　　　　B. FORTRAN　　　　C. C　　　　D. Windows
85. （　　　）软件是系统软件。
    A. 高级语言编译软件　　　　　　　　B. 工资管理软件
    C. 绘图软件　　　　　　　　　　　　D. 制表软件

86. （   ）不属于系统程序。
    A. 数据库系统   B. 操作系统   C. 编译程序   D. 工资管理程序
87. （   ）不是计算机编程语言。
    A. C   B. COBOL   C. PASCAL   D. UNIX
88. （   ）不是计算机高级语言。
    A. WPS   B. BASIC   C. FORTRAN   D. C
89. 机器语言程序在机器内是以（   ）形式表示的。
    A. BCD 码   B. 二进制编码   C. 字母码   D. 符号码
90. BASIC 语言是适于初学者的交互式程序设计语言，它是一种（   ）。
    A. 低级语言   B. 机器语言   C. 汇编语言   D. 高级语言
91. 微型计算机通常是由 CPU、（   ）等几部分组成。
    A. UPS、控制器   B. 运算器、控制器、存储器和 UPS
    C. 存储器和 I/O 设备   D. 运算器、控制器、存储器
92. 微机系统中存取容量最大的部件是（   ）。
    A. 硬盘   B. 主存储器   C. 高速缓存器   D. 软盘
93. 把计算机中的数据存到软盘上，称为（   ）。
    A. 写盘   B. 读盘   C. 打印   D. 输入
94. （   ）属于软故障。
    A. 器件故障   B. 介质故障
    C. 机械故障   D. 微机系统配置错误或丢失
95. 在微机中 VGA 的含义是（   ）。
    A. 微型机型号   B. 键盘型号   C. 显示标准   D. 显示器型号
96. 便携式微机的特点是（   ）。
    A. 体积小、重量轻   B. 功能弱
    C. 省材料   D. 耗电多
97. （   ）不是微机的主要性能指标。
    A. CPU 型号   B. 主频   C. 内存容量   D. 显示器分辨率
98. （   ）不是微机显示系统使用的显示标准。
    A. API   B. CGA   C. EGA   D. VGA
99. （   ）不是微机硬件系统的主要性能指标。
    A. OS 的性能   B. 机器的主频
    C. 内存容量   D. 字长
100. 指令执行过程包括（   ）、取操作数、操作和结果处理。
    A. 数据传送   B. 取指令   C. 文件传送   D. 打印输出
101. 当今的微机运行速度可与 10 年前（   ）计算机相比。
    A. 工作站   B. 小型   C. 大型   D. 中型
102. 操作码指明要求计算机执行什么（   ）。
    A. 指令   B. 对象   C. 任务   D. 操作
103. 操作码有 7 位，则该机器可有（   ）条指令。
    A. 64   B. 128   C. 32   D. 256

104．所有指令的集合构成（　　　）。
　　A．指令范围　　　　　　　　　　B．指令系统
　　C．程序　　　　　　　　　　　　D．指令集合

105．指令分为（　　　）、算术运算、逻辑运算、程序控制、输入/输出等其他指令。
　　A．信号控制　　B．通信　　　　C．加法运算　　　D．数据传送

106．购置微机首先要明确所购微机的（　　　）情况。
　　A．软件　　　B．配置　　　　　C．硬件　　　　　D．价格

107．"复制磁盘"选项只有在（　　　）中才有。
　　A．文件快捷菜单　　　　　　　　B．文件夹快捷菜单
　　C．硬盘驱动器快捷菜单　　　　　D．软盘驱动器快捷菜单

108．Windows 的"回收站"是（　　　）。
　　A．硬盘中的一块区域　　　　　　B．软盘中的一块区域
　　C．高速缓存中的一块区域　　　　D．内存中的一块区域

109．Windows 的操作都是在（　　　）中进行的。
　　A．窗口　　　B．桌面　　　　　C．对话框　　　　D．程序项

110．Windows 的"桌面"指的是（　　　）。
　　A．Windows 启动后的整个屏幕　　B．全部窗口
　　C．某个窗口　　　　　　　　　　D．活动窗口

111．Windows 的运行需要一定的硬件环境，下面说法正确的是（　　　）。
　　A．CPU 必须是 Pentium 或其以上的　　B．内存容量至少 32MB
　　C．硬盘至少 40MB 以上　　　　　D．必须配有网卡

112．Windows 是一个（　　　）。
　　A．建立在 DOS 基础上的具有图形用户界面的系统操作平台
　　B．DOS 管理下的图形窗口软件
　　C．脱离了 DOS 的 32 位操作系统
　　D．脱离了 DOS 操作系统，因而不能运行原来在 DOS 下的程序

113．Windows 中的图标实际被保存在（　　　）。
　　A．内存中　　　B．图形文件中　　C．CMOS　　　　D．EPROM

114．Windows 中文件名的命名规则为（　　　）。
　　A．8.3 规则　　　B．任意长　　　C．不大于 255 个字符　D．16 个字符

115．Windows 桌面上窗口的大小一般情况下可以（　　　）。
　　A．仅变大　　　B．大小皆可变　　C．仅变小　　　　　D．不能变大和变小

116．Windows 环境中，鼠标成漏斗状表示（　　　）。
　　A．Windows 正在执行某一处理任务，请用户稍等
　　B．Windows 执行的程序出错，中止其执行
　　C．提示用户注意某个事项，而不影响计算机工作
　　D．等待用户输入 Y 或 N，以便继续

117．把 Windows 的窗口和对话框作一比较，窗口可移动和改变大小，而对话框（　　　）。
　　A．既不能移动，也不能改变大小　　B．仅可以移动，不能改变大小
　　C．仅可以改变大小，不能移动　　　D．既可以移动，也能改变大小

118．在 Windows 中，桌面上可以同时打开多个窗口，其中（　　）。
　　A．只能有一个窗口为活动窗口，它的标题栏颜色与众不同
　　B．只能有一个在工作，其余都关闭不能工作
　　C．它们都不能工作，只有其余都关闭，留下一个才能工作
　　D．它们都不能工作，只有其余都最小化以后，留下一个窗口才能工作

119．在 Windows 系统默认状态下，为了实现全角与半角之间状态的切换，应按的键是（　　）。
　　A．Shift+空格　　　　　B．Ctrl+空格　　　　　C．Shift+Ctrl　　　　　D．Shift+F9

120．在 Windows 中"任务栏"的主要作用是（　　）。
　　A．显示系统的所有功能　　　　　　　　B．只显示当前活动窗口名
　　C．只显示正在后台工作的窗口名　　　　D．实现窗口间切换

121．在 Windows 中同时运行多个程序时，会有若干个窗口显示在桌面上，任一时刻只有一个窗口与用户进行交互，该窗口称为（　　）。
　　A．运行程序窗口　　　　　　　　　　　B．活动窗口
　　C．移动窗口　　　　　　　　　　　　　D．菜单窗口

122．当选定文件或文件夹后，不将文件或文件夹放到"回收站"中，而直接删除的操作（　　）。
　　A．按 Delete（Del）键
　　B．用鼠标直接将文件或文件夹拖放到"回收站"中
　　C．按 Shift+Delete（Del）组合键
　　D．用"我的电脑"或"资源管理器"窗口中"文件"菜单中的删除命令

123．当一个应用程序窗口被最小化后，该应用程序将（　　）。
　　A．被终止执行　　　　B．继续在前台执行　　　　C．被暂停执行　　　　D．被转入后台执行

124．对话框与窗口类似，但对话框（　　）。
　　A．没有菜单栏，尺寸是可变的，比窗口多了标签和按钮
　　B．没有菜单栏，尺寸是固定的
　　C．有菜单栏，尺寸是可变的，比窗口多了标签和按钮
　　D．有菜单栏，尺寸是固定的，比窗口多了标签和按钮

125．关于 Windows，正确的叙述是（　　）。
　　A．能同时运行多个程序　　　　　　　　B．桌面上不能同时容纳多个窗口
　　C．不支持鼠标操作　　　　　　　　　　D．不能运行所有的 DOS 应用程序

126．关于查找文件或文件夹，下列说法正确的是（　　）。
　　A．只能利用"我的电脑"打开查找窗口
　　B．只能按名称、修改日期或文件类型查找
　　C．查找到的文件或文件夹由资源管理器窗口列出
　　D．有多种方法打开查找窗口

127．关于回收站正确的说法是（　　）。
　　A．暂存所有被删除的对象　　　　　　　B．回收站的内容不可以恢复
　　C．清空回收站后仍可用命令方式恢复　　D．回收站是在内存中开辟的

128．激活 Windows 的菜单命令时，（　　　）。

　　A．都可以用键盘实现　　　　　　　　B．其中一部分可以用键盘实现

　　C．都不能通过键盘实现　　　　　　　D．只能用鼠标才能实现

129．简单地说，文件名是由（　　　）两部分组成的。

　　A．文件名和基本名　　　　　　　　　B．基本名和扩展名

　　C．扩展名和后缀　　　　　　　　　　D．后缀和名称

130．哪两个文件不能放在同一个文件夹中（　　　）。

　　A．ABC.COM 与 abC.com　　　　　　　B．abC.com 与 abC.exe

　　C．abC.com 与 abc　　　　　　　　　 D．abC.com 与 aaA.com

131．下列文件名中（　　　）为 Windows 中的非法文件名。

　　A．REPORTS.SALES.JONES~.AUG99　　B．This is a Basic Program

　　C．Cairo"note"　　　　　　　　　　　D．@ABC、%A

132．一个文件路径为 c：\groupq\text1\293.txt，其中 text1 是一个（　　　）。

　　A．文件夹　　　　　B．根文件夹　　　　　C．文件　　　　　D．文本文件

133．已选定文件夹后，下列操作中能删除该文件夹的是（　　　）。

　　A．用鼠标左键双击该文件夹　　　　　B．在"文件"菜单中选择"删除"命令

　　C．用鼠标左键单击该文件夹　　　　　D．在"编辑"菜单中选择"清除"命令

134．由 MS-DOS 状态返回到 Windows 状态所用的命令是（　　　）。

　　A．RETURN　　　　　B．EXIT　　　　　C．暂时挂起来　　　D．出错

135．在"我的电脑"或"资源管理器"窗口中，对软盘进行全盘复制，可采用的方式是（　　　）。

　　A．用鼠标拖动一个软驱图标到另一个软驱图标

　　B．用鼠标右键单击软驱图标后，在弹出的快捷菜单中执行相应命令项

　　C．选择好一个软盘上的全部文件或文件夹，然后用鼠标左键拖到目的磁盘上

　　D．选择好一个软盘上的全部文件或文件夹，然后利用"文件"菜单中的"发送"命令

136．在 Windows 中，窗口最小化是将窗口（　　　）。

　　A．变成一个小窗口　　　　　　　　　B．关闭

　　C．平铺　　　　　　　　　　　　　　D．缩为任务栏的一个按钮

137．在 Windows 中，某些窗口中可以看到若干小的图形符号，这些图形符号在 Windows 中称为（　　　）。

　　A．文件　　　　　　B．窗口　　　　　　C．按钮　　　　　　D．图标

138．在 Windows 中，所有的操作都要在窗口中进行。通常，窗口可分为三类，即应用程序窗口、对话框窗口和（　　　）。

　　A．浏览窗口　　　　B．绘画窗口　　　　C．文档窗口　　　D．文件窗口

139．在 Windows 中，要安装一个应用程序，正确的操作应该是（　　　）。

　　A．打开"资源管理器"窗口，使用鼠标拖动操作

　　B．打开"控制面板"窗口，双击"添加/删除程序"图标

　　C．打开"MS-DOS"窗口，使用 copy 命令

　　D．打开"开始"菜单，选择"运行"命令，在弹出的"运行"对话框中使用 copy 命令

140．在 Windows 中，应用程序的窗口的基本结构是一致的，由标题栏、控制图标、（　　　）、

工具栏及状态栏等组成。

  A．对话框   B．单选框   C．菜单栏   D．命令按钮

  141．在 Windows 的"资源管理器"窗口中，如果想选定多个分散的文件或文件夹，正确的操作是（　　）。

  A．按住 Ctrl，用鼠标右键逐个选取   B．按住 Ctrl，用鼠标左键逐个选取

  C．按住 Shift，用鼠标右键逐个选取   D．按住 Shift，用鼠标左键逐个选取

  142．在 Windows 中，不能打开"资源管理器"窗口的操作是（　　）。

  A．用鼠标右键单击"开始"菜单

  B．用鼠标左键单击"任务栏"空白处

  C．用鼠标左键单击"开始"→"程序"→"Windows 资源管理器"项   D．用鼠标右键单击"我的电脑"图标

  143．在 Windows 中同时运行多个程序时，会有若干个窗口显示在桌面上，任一时刻只有一个窗口与用户进行交互，该窗口称为（　　）。

  A．运行程序窗口 B．活动窗口   C．移动窗口 D．菜单窗口

  144．在 Windows 环境下（　　）。

  A．不能再进入 DOS 工作方式

  B．能再进入 DOS 工作方式，并能返回 Windows 方式

  C．能再进入 DOS 工作方式，不能返回 Windows 方式

  D．能再进入 DOS 工作方式，但必须先退出 Windows 方式

  145．在退出 Windows 中的提问确认中若回答取消，则 Windows（　　）。

  A．退出   B．不退出   C．不反应   D．再提问

  146．在下列字符中，（　　）不能作为文件名的第 1 个字符。

  A．2   B．A   C．$ D．?

  147．在中文 Windows 中，文件名不可以（　　）。

  A．包含空格   B．长达 255 个字符

  C．包含各种标点符号   D．使用汉字字符

  148．中文输入法的启动和关闭可用（　　）组合键。

  A．Ctrl+Shift B．Ctrl+Alt   C．Ctrl+Space D．Alt+Space

  149．（Word 文字处理）Word 是（　　）的文字处理软件。

  A．编辑时屏幕上所见到的，就是所得到的结果

  B．模拟显示看到的，才是可得到的结果

  C．打印出来后，才是可得到的结果

  D．无任何结果

  150．（Word 文字处理）单击"窗口"菜单，出现一个文件名清单，列出已打开的文档名字，清单最多能列出（　　）个文档名。

  A．8   B．9   C．10   D．11

  151．（Word 文字处理）当编辑具有相同格式的多个文档时，方便、快捷的是使用（　　）。

  A．样式   B．向导   C．联机帮助   D．模板

  152．（Word 文字处理）第一次保存文件，将出现（　　）对话框。

  A．保存   B．全部保存   C．另存为   D．保存为

153.（Word 文字处理）使用模板的过程是：选择（　　）命令，选择模板名。

    A."文件"→"打开"　　　　　　　　　　B."文件"→"新建"

    C."格式"→"模板"　　　　　　　　　　D."工具"→"选项"

154.（Word 文字处理）下列（　　）只能改变字体、字体大小，字形。

    A."常用"工具栏　　　　B. 格式工具栏　　C. 键盘　　　D."字体"对话框

155.（Word 文字处理）选择 Word 表格中的一行或一列以后，（　　）就能删除该行或该列。

    A. 按空格键　　　　　　　　　　　　B. 按 Ctrl+Tab 组合键

    C. 单击"剪切"按钮　　　　　　　　　D. 按 Insert 键

156.（Word 文字处理）选择 Word 表格中的一行或一列以后，（　　）就能删除该行或该列中的文本内容。

    A. 按空格键　　　　　　　　　　　　B. 按 Ctrl+Tab 组合键

    C. 单击"剪切"按钮　　　　　　　　　D. 按 Del 键

157.（Word 文字处理）要创建一个自定义词典，应使用（　　）。

    A."工具"菜单中的"词典"命令

    B."工具"菜单中的"选项"对话框的"拼写和语法"

    C."格式"菜单中的"选项"命令

    D."插入"菜单中的"选项"命令

158.（Word 文字处理）以下关于"Word 模板"的说法中正确的是（　　）。

    A. Word 文档的模板一旦指定就不能再修改

    B. 所谓模板，就是各种样式的集合

    C. 所有 Word 文档都是基于某个模板而建立的

    D. 当使用"格式"菜单中的"样式库"命令时，文档的模板随样式一起修改

159.（Word 文字处理）在（　　）菜单中，选择"项目符号和编号"命令，屏幕将显示"项目符号和编号"对话框。

    A. 编辑　　　　　　B. 插入　　　　　　C. 格式　　　　　D. 工具

160.（Word 文字处理）在（　　）菜单中选择"打印"命令，屏幕将显示"打印"对话框。

    A. 文件　　　　　　B. 编辑　　　　　　C. 视图　　　　　D. 工具

161.（Word 文字处理）在 Word 编辑窗口中要将插入点移到文档末尾可用（　　）。

    A. Ctrl+End　　　　B. End　　　　　　C. Ctrl+Home　　　D. Home

162.（Word 文字处理）在 Word 窗口工作区中，闪烁的垂直光条表示（　　）。

    A. 光标的位置　　　B. 插入点　　　　　C. 键盘位置　　　　D. 鼠标位置

163.（Word 文字处理）在 Word 中，可以利用（　　）很直观地改变段落缩进方式，调整左右边界。

    A. 菜单栏　　　　　B. 工具栏　　　　　C. 格式栏　　　　　D. 标尺

164.（Word 文字处理）在 Word 中，如果不用打开文件对话框就能直接打开最近使用过的文件的方法是（　　）。

    A. 常用工具栏"打开"按钮

    B. 选择"文件"→"打开"命令

  C. 打开菜单栏"文件"菜单, 在列出的文件名中选择所要的文件名

  D. 用快捷键

165. 在 Word 环境下, Word 应用软件（　　）。

  A. 只能打开一个文件　　　　　　　　B. 可以打开文本文件和系统文件

  C. 可以同时打开多个文件　　　　　　D. 最多打开 5 个文件

166. 在 Word 环境下, 不可以对文本的字形设置（　　）。

  A. 倾斜　　　　　　B. 加粗　　　　　　C. 倒立　　　　　　D. 加粗并倾斜

167. 在 Word 环境下, 对文件命名时, 叙述正确的是（　　）。

  A. 文件名必须是 8.3 格式　　　　　　B. 文件名不可有空格

  C. 文件名中不可有中文字符　　　　　D. "我的第一个文档.doc" 是正确的文件名

168. 在 Word 环境下, 改变"间距"说法正确的是（　　）。

  A. 只能改变段与段之间的间距　　　　B. 只能改变字与字之间的间距

  C. 只能改变行与行之间的间距　　　　D. 以上说法都不成立

169. 在 Word 环境下, 关于打印预览叙述不正确的是（　　）。

  A. 在打印预览中可以清楚地观察到打印的效果

  B. 可以在打印预览视图中直接编辑文本

  C. 不可在预览窗口中编辑文本, 只能回到编辑状态下才可以编辑

  D. 预览时可以进行单页显示或多页显示

170. 在 Word 环境下, 进行打印设置, 说法正确的是（　　）。

  A. 只能打印文档的全部信息　　　　　B. 不能跳页打印

  C. 一次只能打印一份　　　　　　　　D. 可以打印多份

171. 在 Word 环境下, 如果对已有表格的每一行求和, 可选择公式（　　）。

  A. =SUM　　　　　　　　　　　　　B. =SUM（LEFT）

  C. =SORT　　　　　　　　　　　　　D. =QRT

172. 在 Word 环境下, 为了处理中文文档, 可以使用（　　）键在英文和各种中文输入法之间进行切换。

  A. Ctrl+Alt　　　　　　　　　　　　B. Shift+W

  C. Ctrl+Shift　　　　　　　　　　　D. Ctrl+Space

173. 在 Word 环境下, 想对已有的表格增加一列, 如果想在第二列和第三列间插入一列, 下面的操作哪一种是不正确的（　　）。

  A. 首先选择第三列, 然后选择"表格（A）"的插入列

  B. 首先选择第三列, 然后选择"插入（I）"的插入列

  C. 首先选择第三列, 然后输入 "Alt+A", "I"

  D. 首先选择第三列, 然后选择"工具（T）"的插入列

174. 在 Word 环境下, 在编辑文本中不可以插入（　　）。

  A. 文本　　　　　　B. 图片　　　　　　C. 系统文件　　　　　D. 表格

175. 在 Word 环境下, 在对选定的一段文本进行字体设置时, 叙述正确的是（　　）。

  A. 只能设置一种字体　　　　　　　　B. 可以设置多种字体

  C. 不能改变字体设置　　　　　　　　D. 不可以改变字体的大小

176. 在 Word 环境下, 在删除文本框时（　　）。

　A．只删除文本框内的文本　　　　　　　　　　B．只能删除文本框边线

　C．文本框边线和文本都删除　　　　　　　　　D．在删除文本框以后，正文不会进行重排

177．在 Word 环境下，在设置字体时说法不正确的是（　　　）。

　A．可以设置字体的大小　　　　　　　　　　　B．可以设置字体的颜色

　C．可以设置字体的方向　　　　　　　　　　　D．只能使用一种字体

178．在 Word 环境下，在文本中插入的文本框（　　　）。

　A．是竖排的　　　　　　　　　　　　　　　　B．是横排的

　C．既可以竖排，也可以横排　　　　　　　　　D．可以任意角度排版

179．在 Word 环境下，在文件中插入图片（　　　）。

　A．会覆盖原来的文本信息　　　　　　　　　　B．不会覆盖原来的文本信息

　C．文本文件不会重新排版　　　　　　　　　　D．图片会单独占一行位置

180．在 Word 环境下，粘贴的组合键是（　　　）。

　A．Ctrl+K+V　　　　B．Ctrl+K+C　　　　C．Ctrl+V　　　　D．Ctrl+C

181．在 Word 环境下，粘贴正文的一部分到另一个位置时，说法正确的是（　　　）。

　A．选择要移动的正文，再用 Ctrl+X

　B．选择要移动的正文，再用 Ctrl+V

　C．选择要移动的正文，再用 Ctrl+C

　D．选择要移动的正文，用 Ctrl+X，移动光标到粘贴的位置再用 Ctrl+V

182．（Excel 电子表格）如果 A1:A3 单元的值依次为 12、34、TRUE，而 A4 单元格为空白单元格，则 COUNT（A1:A4）的值为（　　　）。

　A．0　　　　　　　B．1　　　　　　　　C．2　　　　　　　D．3

183．（Excel 电子表格）（　　　）菜单中的命令能用于打印多份工作表。

　A．文件　　　　　　B．工具　　　　　　C．打印　　　　　　D．选项

184．（Excel 电子表格）Excel 菜单命令旁"..."表示（　　　）。

　A．该命令当前不能执行　　　　　　　　　　　B．执行该命令会打开一个对话框

　C．可按"..."不执行该命令　　　　　　　　　D．该菜单下还有子菜单

185．（Excel 电子表格）Excel 单元格的地址是由（　　　）来表示的。

　A．列标和行号　　　B．行号　　　　　　C．列标　　　　　　D．任意确定

186．（Excel 电子表格）Excel 选定单元格区域的方法是，单击这个区域左上角的单元格，按住（　　　）键，再单击这个区域右下角的单元格。

　A．Alt　　　　　　B．Ctrl　　　　　　C．Shift　　　　　　D．任意键

187．（Excel 电子表格）公式=SUM（C2：C6）的作用是（　　　）。

　A．求 C2 到 C6 这五个单元格数据之和

　B．求 C2 和 C6 这两个单元格数据之和

　C．求 C2 和 C6 这两个单元格的比值

　D．以上说法都不对

188．（Excel 电子表格）在 Excel "文件"菜单底部列出的文件名表示（　　　）。

　A．该文件正在使用　　　　　　　　　　　　　B．该文件正在打印

　C．扩展名为.xls 的文件　　　　　　　　　　　D．Excel 最近处理过的文件

189．在 Excel 中，可以选择（　　　）菜单的"拼写检查"选项开始拼写检查。

A. "编辑"   B. "插入"   C. "格式"   D. "工具"

190. 在 Excel 中，对于新建的工作簿文件，若还没有进行存盘，系统会采用（   ）作为临时名字。

A. Sheet1   B. Book1   C. 文档 1   D. File1

191. 在 Excel 工作簿中，默认状态下有（   ）张工作表。

A. 3   B. 4   C. 6   D. 255

192. 在 Excel 工作簿中，选择当前工作表的下一个工作表作为当前工作表的按键操作为（   ）。

A. Ctrl+PageUp   B. Ctrl+PageDown

C. Shift+PageUp   D. Shift+PageDown

193. 在 Excel 中，函数 ROUND（12.15，1）的计算结果为（   ）。

A. 12.2   B. 12   C. 10   D. 12.25

194. 在 Excel 中，如果输入以（   ）开始，Excel 认为单元的内容为一个公式。

A. !   B. =   C. *   D. √

195. 在 Excel 中，如果要显示公式，可选择（   ）菜单中的"选项"命令，显示对话框后，单击"视图"选项卡，选择"窗口选项"框中的公式，单击"确定"按钮即可。

A. "插入"   B. "工具"   C. "格式"   D. "数据"

196. 在 Excel 中，若需要选取若干个不相连的单元格，可以按住（   ）键，再依次选择每一个单元格。

A. Ctrl   B. Alt   C. Shift   D. Enter

197. 在 Excel 中，若要在公式中输入文本型数据"This is "，应输入（   ）。

A. This is   B. 'This is   C. "This is"   D. "This is

198. 在 Excel 中，数字小键盘区既可用做数字键，也可用做编辑键。通过按（   ）键可进行转换。

A. Shift   B. NumLock   C. CapsLock   D. Insert

199. 在 Excel 中，下面（   ）是绝对地址。

A. D5   B. $D5   C. *A5   D. 以上都不是

200. 在 Excel 中，选定当前工作表为 sheet1、sheet2 和 sheet3，当在 sheet3 表 E2 单元格内录入 222 时，则对 sheet1、sheet2 表内 E2 单元格说法正确的是（   ）。

A. sheet1 工作表和 sheet2 工作表的 E2 单元格为空

B. sheet1 工作表的 E2 单元格为 222，sheet2 工作表的 E2 单元格内容为空

C. sheet1 工作表的 E2 单元格为空，sheet2 工作表的 E2 单元格为 222

D. sheet1、sheet2 工作表的 E2 单元格均为 222

201. 在 Excel 中，要移到活动行的 A 列，按（   ）快捷键。

A. Ctrl+Home   B. Home   C. Home+Alt   D. PageUp

202. 一个 Excel 工作表可包含最多（   ）列。

A. 150   B. 256   C. 300   D. 400

203. 在 Excel 中，鼠标右键单击一个图表对象，（   ）出现。

A. 一个图例   B. 一个快捷菜单 C. 一个箭头   D. 图表向导

204. 在 Excel 工作表中，（   ）在单元格显示时靠左对齐。

　　A．数值型数据　　　　　B．日期数据　　　C．文本数据　　　D．时间数据

205．在 Excel 中，进行公式复制时（　　）发生改变。

　　A．相对地址中的地址偏移量　　　　　　B．相对地址中所引用的单元格

　　C．绝对地址中的地址表达式　　　　　　D．绝对地址中所引用的单元格

206．在 Excel 中，有关对齐的说法正确的是（　　）。

　　A．在默认情况下，所有文本在单元格中均左对齐

　　B．Excel 不允许用户改变单元格中数据的对齐方式

　　C．Excel 中所有数值型数据均右对齐

　　D．以上说法都不正确

207．在 Excel 中，当鼠标键移到自动填充柄上时，鼠标指针变为（　　）。

　　A．双箭头　　　　　　B．双十字　　　　C．黑十字　　　　D．黑矩形

208．在 Excel 中，一次排序的参照关键字最多可以有（　　）个。

　　A．1　　　　　　　　B．2　　　　　　C．3　　　　　　D．4

209．支持 Excel 运行的软件环境是（　　）。

　　A．DOS　　　　　　　　　　　　B．Office 2003

　　C．UCDOS　　　　　　　　　　D．Windows 2000/XP

210．中文 Excel 2003 工作表是由（　　）行和 256 列构成的一个表格。

　　A．16384　　　　　　B．91912　　　　C．16385　　　　D．65536

211．中文 Excel 2003 在默认情况下，每一工作簿文件会打开（　　）个工作表文件，分别用 Sheet 1、Sheet 2……来命名。

　　A．3　　　　　　　　B．10　　　　　　C．12　　　　　　D．16

212．一个网络要正常工作，需要有（　　）的支持。

　　A．多用户操作系统　　　　　　　　B．批处理操作系统

　　C．分时操作系统　　　　　　　　　D．网络操作系统

213．计算机"局域网"的英文缩写为（　　）。

　　A．WAN　　　　　　B．CAM　　　　C．LAN　　　　D．WWW

214．对于 Internet 中的 IP 地址，说法正确的是（　　）。

　　A．IP 地址就是联网主机的网络号　　　　B．IP 地址可由用户任意指定

　　C．IP 地址是由主机名和域名组成　　　　D．IP 地址由 32 个二进制位组成

215．下列对 Internet 说法不正确的是（　　）。

　　A．客户机上运行的是 WWW 浏览器

　　B．服务器上运行的 Web 页面文件

　　C．服务器上运行的 Web 服务程序

　　D．客户机上运行的是 Web 页面文件

216．下列域名中，属于政府网的是（　　）。

　　A．www.scit.com.us　　　　　　　B．www.scit.edu.cn

　　C．www.scit.gov.cn　　　　　　　D．www.scit.mil.us

217．Internet 采用的通信协议是（　　）。

　　A．TCP/IP　　　　　B．FTP　　　　C．SPX/IP　　　　D．WWW

218．下面关于 TCP/IP 的说法不正确的是（　　）。

A．这是 Internet 之间进行数据通信时共同遵守的各种规则的集合

B．这是把 Internet 中大量网络和计算机有机地联系在一起的一条纽带

C．这是 Internet 实现计算机用户之间数据通信的技术保证

D．这是一种用于上网的硬件设备

219．域名 indi.shcnc.ac.cn 表示主机名的是（　　）。

A．indi　　　　　　B．shcnc　　　　　C．ac　　　　　　D．cn

220．Netware 采用的通信协议是（　　）。

A．NETBEUI　　　　B．NETX　　　　　C．IPX/SPX　　　D．TCP/IP

221．Internet 中，DNS 指的是（　　）。

A．动态主机　　　　　　　　　　　B．接收电子邮件的服务器

C．发送电子邮件的服务器　　　　　D．域名系统

222．下列（　　）是 B 类 IP 地址。

A．202.115.148.33　　　　　　　　B．126.115.148.33

C．191.115.148.33　　　　　　　　D．240.115.148.33

223．网址中的 http 是指（　　）。

A．超文本传输协议　　　　　　　　B．文件传输协议

C．计算机主机名　　　　　　　　　D．TCP/IP 协议

224．Internet 中的 IP 地址（　　）。

A．就是联网主机的网络号　　　　　B．可由用户任意指定

C．是由主机名和域名组成　　　　　D．全球惟一的

225．下列（　　）是拨号上网所必需的。

A．电话　　　　　　B．键盘　　　　　C．ISP 提供的电话号码　　D．鼠标

226．Internet 上的资源，分为两类（　　）。

A．计算机和网络　　　　　　　　　B．信息和网络

C．信息和服务　　　　　　　　　　D．浏览和电子邮件

227．Internet 上的电子邮件传送协议是（　　）。

A．FTP　　　　　　B．SMTP　　　　　C．Mailto　　　　D．TCP/IP

228．ISDN 的含义是（　　）。

A．计算机网　　　　　　　　　　　B．广播电视网

C．综合业务数字网　　　　　　　　D．同轴电缆网

229．对于 Internet 与 WWW 的关系，正确的是（　　）。

A．都表示互联网，只不过名称不同　　B．WWW 是 Internet 上的一个应用功能

C．Internet 与 WWW 没有关系　　　　D．WWW 是 Internet 上的一种协议

三、多项选择

1．下列是高级语言的有（　　）。

A．PASCAL　　　　B．机器语言　　　　C．汇编语言　　　D．BASIC

2．在计算机中采用二进制的主要原因是（　　）。

A．两个状态的系统容易实现，成本低　　B．运算法则简单

C．十进制无法在计算机中实现　　　　　D．可进行逻辑运算

3．在第三代计算机中，在软件上出现了（　　）。

    A．机器语言　　　　　　B．高级语言　　　　　　C．操作系统　　　　　　D．汇编语言

4．在计算机系统中，可以与 CPU 直接交换信息的是（　　　）。

    A．RAM　　　　　　　B．ROM　　　　　　　C．硬盘　　　　　　　D．CD-ROM

5．以下关于"ASCII 码"的论述中，正确的有（　　　）。

    A．ASCII 码中的字符全部都可以在屏幕上显示

    B．ASCII 码基本字符集由 7 个二进制数码组成

    C．用 ASCII 码可以表示汉字

    D．ASCII 码基本字符集包括 128 个字符

6．计算机中字符 a 的 ASCII 码值是 01100001B，那么字符 c 的 ASCII 码值是（　　　）。

    A．01100010B　　　　　　　　　　B．01100011B

    C．143O　　　　　　　　　　　　　D．63H

7．在计算机中一个字节可表示（　　　）。

    A．二位十六进制数　　　　　　　　B．四位十进制数

    C．一个 ASCII 码　　　　　　　　　D．256 种状态

8．计算机病毒的特点为（　　　）。

    A．传染性　　　　　　　B．潜伏性　　　　　　　C．破坏性　　　　　　　D．针对性

9．在以下关于中央处理器的叙述中，正确的是（　　　）。

    A．中央处理器的英文缩写为 CPU

    B．中央处理器简称为主机

    C．存储容量是中央处理器的主要指标之一

    D．时钟频率是中央处理器的主要指标之一

10．以下设备中，属于输入设备的有（　　　）。

    A．打印机　　　　　　　B．键盘　　　　　　　C．显示器　　　　　　　D．鼠标

11．下面会破坏软盘片信息的有（　　　）。

    A．弯曲、折叠盘片　　　　　　　　B．将软盘靠近强磁场

    C．读/写频率太高　　　　　　　　D．周围环境太嘈杂

12．计算机主机通常包括（　　　）。

    A．运算器　　　　　　　B．控制器　　　　　　　C．显示器　　　　　　　D．存储器

13．计算机不能直接识别和处理的语言是（　　　）

    A．汇编语言　　　　　　B．自然语言　　　　　　C．机器语言　　　　　　D．高级语言

14．汇编语言是一种（　　　）。

    A．低级语言　　　　　　B．高级语言　　　　　　C．程序设计语言　　　　　D．目标程序

15．笔记本型计算机的特点是（　　　）。

    A．重量轻　　　　　　　B．体积小　　　　　　　C．体积大　　　　　　　D．便于携带

16．CPU 能直接访问的存储器是（　　　）。

    A．ROM　　　　　　　B．RAM　　　　　　　C．Cache　　　　　　　D．外存储器

17．下面是关于计算机病毒的四条叙述，其中不正确的有（　　　）。

    A．严禁在计算机上玩游戏是预防计算机病毒侵入的唯一措施

    B．计算机病毒只破坏磁盘上的程序和数据

    C．计算机病毒只破坏内存中的程序和数据

D. 计算机病毒是一种人为编制的特殊的计算机程序，它隐藏在计算机系统内部或附在其他程序（或数据）文件上

18. 在 Windows 中，能关闭应用程序的操作有（   ）。
    A. 选择"文件"→"退出"命令
    B. 按 Alt+F4 组合键
    C. 按 Ctrl+F4 组合键
    D. 双击应用程序窗口控制菜单图标

19. Windows 桌面上一般出现有（   ）图标。
    A. 我的电脑
    B. 回收站
    C. 资源管理器
    D. 收件箱

20. 以下关于 Windows 中"任务栏"的说法正确的有（   ）。
    A. 在"任务栏"中有"开始"菜单
    B. 当关闭"程序"窗口时，"任务栏"也随之消失
    C. 通过"任务栏"可实现任务切换
    D. "任务栏"始终显示在屏幕底端

21. 资源管理器窗口的"文件"菜单中"新建"命令的作用是（   ）。
    A. 创建一个新的文件夹
    B. 创建一个快捷方式
    C. 创建不同类型的文件
    D. 选择一个对象文件

22. 在 Windows 中，窗口所具有的特点有（   ）。
    A. 窗口设有菜单栏
    B. 窗口没有菜单栏
    C. 窗口右上角设有最大化、最小化按钮
    D. 窗口的大小可以改变

23. 在 Windows 中，浏览计算机资源可通过（   ）进行
    A. "我的电脑"
    B. "资源管理器"
    C. "帮助"选项
    D. "设置"选项

24. 在 Windows 中移动或复制文件的基本方式有（   ）。
    A. 用快捷菜单中相应的命令
    B. 使用拖放技术
    C. 使用"剪贴"、"复制"、"粘贴"命令来移动或复制文件
    D. 使用 COPY 命令

25. 关于 Word 的"页面设置"，叙述正确的是（   ）。
    A. 页面设置是为打印而进行的设置
    B. 在页面设置中，可以改变纸张大小、页边距等打印参数
    C. "页面设置"设置完毕后，屏幕上的页面视图会随之自动调整
    D. "页面设置"只对屏幕上的显示有效，并不影响打印输出

26. 关于 Word 的打印，叙述正确的是（   ）。
    A. 可以打印指定页
    B. 在一次打印中，可以打印输出不连续的页（如第二、五和七页）
    C. 一次只能打印一页或者全部页都必须打印出来
    D. 在一次打印中，可以将要打印的文件输出多份（如 3 份）

27. 下面说法正确的是（   ）。

A．正在被 Word 编辑的文件是不能被删除的

B．Word 本身不提供汉字输入法

C．Word 会把最后打开的几个文件的文件名列在它的主菜单的"文件"这个子菜单中

D．带排版格式的 Word 文件是文本文件

28．（Word 文字处理）要将选定的文本块设置为"粗体"，可用的方法有（　　　　）。

A．用菜单栏中的"工具"

B．用菜单栏中的"格式"，然后选"字体"对话框中相应的内容

C．用格式工具栏中 B 按钮

D．用格式工具栏中 U 按钮

29．关于 Word 的叙述，正确的是（　　　　）。

A．Word 菜单下的工具条可以隐藏

B．Word 菜单下的工具条上的浅灰色（暗刻）的图标是不可用的

C．Word 文件可以设置密码防止他人观看

D．Word 文件可以用任意的文本编辑器查看

30．关于 Word 的操作，哪些是正确的（　　　　）。

A．"删除"键（Del）删除光标后面的字符

B．"后退"键（BackSpace）删除光标前面的字符

C．"Home"键使光标移动到本行开始位置

D．"End"键使光标移动到本行结束位置

31．下面哪些功能是 Word 不能完成的（　　　　）。

A．项目自动编号　　　　　　　　　B．自动插入页码

C．插入页眉　　　　　　　　　　　D．自动改正所有的英文拼写错误和语法错误

32．关于 Word 的文本框，下面哪些叙述是正确的（　　　　）。

A．文本框内只能是文字、表格等，不能有图形图像

B．文本框的边框是不能隐藏的

C．在文档中，正文文字不能和文本框处于同一行

D．文本框中的文字也允许有多种排版格式（如左对齐，右对齐等）

33．以下哪些为 Excel 中合法的数值型数据（　　　　）。

A．3.14　　　　　　B．12000　　　C．￥12000.45　　　　　D．1.20E+03

34．在 Excel 中，若要对执行的操作进行撤销，则以下说法错误的有（　　　　）。

A．最多只能撤销 1 次　　　　　　　B．最多只能撤销 16 次

C．最多可以撤销 100 次　　　　　　D．可以撤销无数次

35．在 Excel 工作表中，（　　　　）在单元格中显示时靠右对齐

A．数值型数据　　　B．日期数据　C．文本数据　　　　　D．时间数据

36．在当前单元格内，输入当天的时间（　　　　）。

A．按 Ctrl+：（冒号）　　　　　　　B．按 Ctrl+；（分号）

C．按 Ctrl+Shift+：（冒号）　　　　　D．按 Ctrl+Shift+；（分号）

37．常用的 WWW 浏览器包括（　　　　）。

A．Navigator　　　　　　　　　　　B．Internet　Explore

C．Windows XP　　　　　　　　　　D．TCP/IP

38．Internet 提供的主要服务功能包括（　　　　）。

　　A．删除文件　　　　B．WWW　　　　C．远程登录　　　　D．电子邮件

39．假如你家里有台计算机要上互联网，则除了一条电话线外，还必须（　　　　　）。

　　A．配有一个 CD-ROM　　　　　　　　B．配有一个调制解调器

　　C．配有一个鼠标　　　　　　　　　　D．向 Internet 服务商申请一个账号

40．通过域名"www.tsinghua.edu.cn"可以知道，这个域名（　　　　）。

　　A．属于中国　　　　　　　　　　　　B．属于教育机构

　　C．是一个 WWW 服务器　　　　　　　D．需要拨号上网

41．根据网络覆盖的地理范围的大小，计算机网络可以分为（　　　　）。

　　A．广域网　　　　B．局域网　　　　C．城域网　　　　D．NOVELL 网

42．IP 地址由（　　　）两部分组成。

　　A．网络标识　　　　　　　　　　　　B．用户标识

　　C．主机标识　　　　　　　　　　　　D．电子邮件标识

四、填空题

1．字符 0 对应的 ASCII 码值是_____。

2．在进位计数制中，基数的含义为数字符号的_____。

3．由于_____计算机是用电压的大小来表示数据，故其精确度是有限的。

4．十六进制数 42F 转换成十进制数为_____。

5．十进制数 212 对应的二进制数是_____。

6．十进制数 126 的原码机器数表示为_____。

7．二进制整数的_____是 2 的整数次幂。

8．存储一个 32×32 点阵汉字，需要_____字节存储空间。

9．采用定点方法表示数据的计算机称为_____机

10．采用浮点方法表示数据的计算机称为_____机。

11．-0 的原码机器数表示为_____。

12．0 的原码机器数表示为_____。

13．十进制数-86 的原码机器数表示为_____。

14．十进制数 86 的原码机器数表示为_____。

15．在计算机系统中通常把运算器、控制器和存储器合称为_____。

16．操作系统是用来管理计算机软硬件资源，控制计算机工作流程，并能方便_____使用计算机的一系列程序的总和。

17．操作系统的五大功能包括处理器管理、_____管理、_____管理、设备管理和用户接口。

18．时钟周期可反映计算机的_____。

19．每个盘只有一个_____目录，可有多个子目录。

20．光盘存储器包括光盘驱动器和光盘片两部分。光盘驱动器是读取光盘信息的设备，光盘片是_____的载体。

21．指令由操作码和地址码组成，操作码指明本次操作的性质，地址码指出_____所在的存储单元。

22．_____程序可将用高级语言写成的源程序翻译成计算机可以重复执行的机器语言

程序。

23．一张 5.25 英寸的高密软盘，共有 2 面，每面 80 磁道，每磁道有 15 个扇区，每扇区的容量为_____字节，该盘的容量为 1.2MB。

24．微机上的 RESET 键功能是系统_____。

25．微机的启动通常有_____、热启动和系统复位 3 种方式。

26．在 Windows 中，要想将当前窗口的内容存入剪贴板中可以按 Alt+_____组合键。

27．在 Windows 中，格式化磁盘应当用"我的电脑"或_____两个应用程序窗口选取。

28．在 Windows 中，在默认状态下，标准的"资源管理器"窗口由_____右两个窗格组成。

29．在 Windows 中，文件名的长度可达_____个字符。

30．在 Windows 中，使用_____键将当前屏幕内容复制到剪贴版。

31．用_____+空格键可以进行全角/半角的切换。

32．对 Windows 的操作，既可以通过键盘，也可以通过_____来完成。

33．当任务栏被隐藏时，用户可以按 Ctrl+_____组合键打开"开始"菜单。

34．在 Windows 中，改变窗口的排列方式可以通过在_____栏的空白处单击鼠标右键，在弹出快捷菜单中选取要排列的方式。

35．UNIX 操作系统中 90%以上是由_____语言开发出来的。

36．在 Word 环境下，保存文件的快捷键为_____。

37．在 Word 环境下，使用_____快捷键可在 Word 文档中插入剪贴板中的内容。

38．（Word 文字处理）Word 可以插入人工分页符，方法是：将插入点移到分页的位置，选择菜单栏中的_____→"分隔符"命令，打开对话框，选"分页符"，最后单击"确认"按钮。

39．在 Word 环境下，如果想重复进行某项工作，可用_____使其自动执行。

40．在 Word 环境下，文件中用于删除功能的按键为_____。

41．（Word 文字处理）新建 Word 文档的组合键是 Ctrl+_____。

42．（Word 文字处理）邮件合并主要分为三个过程，建立主文档，_____，完成主文档与数据源的合并。

43．（Word 文字处理）在默认情况下，"打开"对话框的"文件类型"框中显示为_____。（如有英文请写大写字母）

44．（Word 文字处理）按 Ctrl+_____组合键可以把插入点移到文档尾部（如有英文请写大写字母）。

45．（Word 文字处理）要删除图文框，先选定图文框，然后按_____键（如有英文请写大写字母）。

46．在 Word 环境下，选用_____是建立复杂公式的有效工具。

47．在 Word 环境下，可以通过选择_____菜单中的_____来统计全文的字符数。

48．Word 文字处理中，"格式"工具栏中最大磅值是_____。

49．Word 的"打开"对话框中，"文件类型"的_____项可查看所有的类型。

50．在 Excel 中输入文字时，默认对齐方式是单元格内靠_____对齐。

51．向 Excel 单元格中输入由数字组成的文本数据，应在数字前加_____。

52．（Excel 电子表格）SUM（"3"，2，TRUE）= _____。

53. 在 Excel 中输入数字时，默认对齐方式是单元格内靠_____对齐。

54. （Excel 电子表格）若 COUNT(A1:A7)=2，则 COUNT(A1:A7,3)= _____。

55. （Excel 电子表格）打开 Excel 工作簿的快捷键是_____键+_____键（如有英文请写大写字母）。

56. （Excel 电子表格）Excel 中的误操作可用_____ +_____键撤销（如有英文请写大写字母）。

57. （Excel 电子表格）向单元格中输入公式时，公式前应冠以_____或_____。

58. （Excel 电子表格）新建 Excel 工作簿的快捷键是_____键和_____键（如有英文请写大写字母）。

59. （Excel 电子表格）用快捷键退出 Excel 的按键是_____+_____组合键（如有英文请写大写字母）。

60. （Excel 电子表格）12&34 的运算结果为_____。

61. Excel 要建立一个新的工作簿，有两种方法：一是利用"_____"菜单中的"新建"命令，二是单击工具栏上的"新建"按钮，建立一个新的工作簿。

62. Internet 采用的标准网络协议是_____协议。

63. 当用户通过电话线拨号上网时，在计算机与电话线之间进行信号转换的设备，称为_____（请填中文）。

64. 计算机网络通常可分为_____网、_____网和城域网三大类。

65. 在 A 类 IP 地址中，第一个字节为_____号，其后的字节为_____号。

66. IP 地址的长度是 4 个字节，每个字节应该是一个 0 到_____之间的十进制数，字节之间用句点分隔。

67. 接收 E-mail 所用的网络协议有_____。

68. Internet Explorer 是指 Internet 的_____。

69. Web 上每一个页都有一个独立的地址，这些地址称做统一资源定位器，即_____。

70. 用户采用拨号方式上网，需得到（网络服务商）_____提供的账号。

71. 电子邮件传输协议是_____，扩充协议是_____。

综合练习题参考答案

一、判断题

1～5 ×××√√ 6～10 ×√×√√ 11～15 ××√×× 16～20 √×××× 21～25 √√√×
26～30 √×√×× 31～35 √√××√ 36～40 √××√√ 41～45 √×√√√ 46～50 ×√√√√
51～55 √√√√× 56～60 √×××√ 61～65 ×√√√√ 66～70 ××√×√ 71～75 √√√√√
76～80 √××√× 81～85 √××√√ 86～90 √×××× 91～95√×√×× 96～100 ×√√√√
101～105 √××√√ 106～110 √√×√× 111～115 ×√×××√ 116～120 ××√√×
121～125 √×××× 126～130 ×××√× 131～134 ×××√

二、单项选择题

1～5 ACACC 6～10 ACAAA 11～15 BADCD 16～20 BACBA 21～25 BABDD
26～30 BBDAC 31～35 DBDAC 36～40 DCABC 41～45 DABBB 46～50 BDCAD

51～55 CCADA　　56～60 ABCDA　　61～65 ACAAB　　66～70 ADBBC　　71～75 DDCBA

76～80 CCADC　　81～85 AABDA　　86～90 DDABD　　91～95 CAADC　　96～100 ADAAB

101～105 BDBBD　　106～110 ACAA A 111～115 BABCB　　116～120 ABAAD

121～125 BCDBA　　126～130 DAABA　　131～135 CABBB　　136～140 DDABC

141～145 BBBBB　　146～150 DCCAB　　151～155 DCBBC　　156～160 DBCCA

161～165 ABDCC　　166～170 CDDCD　　171～175 BDDCB　　176～180 CDCBC

181～185 DCABA　　186～190 CADDB　　191～195 ABABB　　196～200 AABAD

201～205 BBBCB　　206～210 ACCDD　　211～215 ADCDD　　216～220 CADAC

221～225 DCADA　　226～229 CBCB

三、多项选择题

1. AD　　2. ABD　3. BC　　4. AB　　5. BD　　6. BCD　　7. ACD　　8. ABCD　　9. AD

10. BD　　11. ABC　12. ABD　13. ABD　14. AC　15. ABD　16. ABD　17. ABC　18. ABD

19. AB　　20. AC　21. ABC　22. ACD 23. AB　24. ABC　25. ABC　26. ABD　27. ABC

28. BC　　29. ABC 30. ABCD 31. D　　32. AD　33. ABCD　34. ACD　35. ABD　36. ACD

37. AB　　38. BCD 39. BD　40.ABC　　41. ABC 42. AC

四、填空题

1.48	2.个数
3.数字	4.1071
5.11010100	6.1111110
7.位权	8.128
9.定点	10.浮点
11.10000000	12.00000000
13.11010110	14.01010110
15.主机	16.用户
17.存储器、文件	18.运行速度
19.根	20.信息
21.操作数	22.编译
23.512	24.复位
25.冷启动	26.Print Screen
27.资源管理器	28.左
29.255	30.Print Screen
31.Shift	32.鼠标
33.Esc	34.任务
35.C	36.Ctrl+S
37.Ctrl+V	38.插入
39.宏	40.Delete
41.N	42.建立数据源
43.DOC	44.END
45.DELETE	46.公式编辑器
47.工具、字数统计	48.72

49.所有文件　　　　　　　　50.左
51.'　　　　　　　　　　　52.6
53.右　　　　　　　　　　　54.3
55.Ctrl、O　　　　　　　　56.Ctrl、Z
57.=、+　　　　　　　　　58.Ctrl、N
59.Alt、F4　　　　　　　　60.1234
61.文件　　　　　　　　　　62.TCP/IP
63.调制解调器　　　　　　　64.广域、局域
65.网络、主机　　　　　　　66.255
67.pop3　　　　　　　　　　68.浏览器
69.URL　　　　　　　　　　70.ISP
71.SMTP、MINE

附录 C 全国计算机等级考试简介

1. 什么是全国计算机等级考试？

全国计算机等级考试（National Computer Rank Examination，NCRE），是经原国家教育委员会（现教育部）批准，由教育部考试中心主办，面向社会，用于考查应试人员计算机应用知识与能力的全国性计算机水平考试体系。

2. NCRE 由什么机构组织实施？

NCRE 实行教育部考试中心、各省（自治区、直辖市）承办机构两级管理体制。教育部考试中心负责实施考试，制定有关规章制度，编写考试大纲及相应的辅导材料，命制试卷、答案及评分标准，研制考试必需的计算机软件，开展考试研究和宣传等。教育部考试中心在各省（自治区、直辖市）设立省级承办机构，由省级承办机构负责本省（自治区、直辖市）考试的宣传、推广和实施，根据规定设置考点、组织评卷、分数处理、颁发合格证书等。

省级承办机构根据教育部考试中心有关规定在所属地区符合条件的单位设立考点，由考点负责考生的报名、纸笔考试、上机考试、发放成绩通知单、转发合格证书等管理性工作。

教育部考试中心还聘请全国著名计算机专家组成"全国计算机等级考试委员会"，负责设计考试方案、审定考试大纲、制定命题原则、指导和监督考试的实施。

3. NCRE 考试等级如何划分？主要考核什么能力？

全国计算机等级考试目前设置四个等级。

一级考核微型计算机知识和使用办公自动化软件及因特网（Internet）的基本技能，根据使用软件分为 MS Office 和 WPS Office，考试采取无纸化形式。一级 B 类以考核计算机应用能力为主，与全国计算机等级考试一、二、三、四级同属一个系列，其考核内容和水平与一级相当，考试采取无纸化形式，考生在计算机上完成答题，考试内容更加符合机关干部、企事业单位管理人员的需要。

二级考核计算机基础知识和使用一种高级语言（包括 C、Visual Basic、Visual FoxPro、Java、Access、C++）编制程序及上机调试的基本技能。

三级分为"PC 技术"、"信息管理技术"、"数据库技术"和"网络技术"四个类别。"PC 技术"考核 PC 硬件组成和 Windows 操作系统的基础知识，以及 PC 使用、管理、维护和应用开发的基本技能。"信息管理技术"考核计算机信息管理应用基础知识，以及管理信息系统项目和办公自动化系统项目开发和维护的基本技能。"数据库技术"考核数据库系统基础知识及数据库应用系统的项目开发和维护的基本技能。"网络技术"考核计算机网络基础知识及计算机网络应用系统开发和管理的基本技能。

四级考核计算机专业基础知识及计算机应用项目的分析设计、组织实施的基本技能，按国际规范设计考试。

4. NCRE 采取什么考试形式？考试时间如何规定？

考试采用全国统一命题，统一考试时间，纸笔考试和上机操作相结合的形式。纸笔考试中题型以选择题、填空题为主，其中四级含有论述题。

纸笔考试时间：一级、二级 Visual Basic、二级 Visual FoxPro 均为 90 分钟；二级 QBasic、二级 C、FoxBASE+、三级均为 120 分钟；四级为 180 分钟。

　　上机操作考试时间：一级、二级 QBasic、二级 C、FoxBASE+、三级、四级均为 60 分钟；二级 Visual Basic、二级 Visual FoxPro 均为 90 分钟；一级 WPS Office、一级 B 实行无纸化的上机考试，时间为 90 分钟。

5. 全国计算机等级考试一年考几次？什么时间考试？

　　全国计算机等级考试每年开考两次。上半年开考一、二、三级，下半年开考一、二（除 FORTRAN 外）、三、四级，二级 FORTRAN 每年只在上半年开考。上半年考试时间为 4 月第一个星期六上午（笔试），上机考试从笔试的当天下午开始，由考点具体安排。上机考试期限原则上定为五天，由考点根据考生的数量和设备情况具体安排。

6. 等级考试证书获得者具备什么样的能力？可以胜任什么工作？

　　一级证书表明持有人具有计算机的基础知识和初步应用能力，掌握字、表处理（Word）、电子表格（Excel）和演示文稿（PowerPoint）等办公自动化（Office）软件的使用及因特网（Internet）应用的基本技能，具备从事机关、企事业单位文秘和办公信息计算机化工作的能力。

　　二级证书表明持有人具有计算机基础知识和基本应用能力，能够使用计算机高级语编写程序和调试程序，可以从事计算机程序的编制工作、初级计算机教学培训工作及计算机企业的业务和营销工作。

　　三级"PC 技术"证书表明持有人具有计算机应用的基础知识，掌握 Pentium 微处理器及 PC 计算机的工作原理，熟悉 PC 常用外部设备的功能与结构，了解 Windows 操作系统的基本原理，能使用汇编语言进行程序设计，具备从事机关、企事业单位 PC 使用、管理、维护和应用开发的能力；三级"信息管理技术"证书表明持有人具有计算机应用的基础知识，掌握软件工程、数据库的基本原理和方法，熟悉计算机信息系统项目的开发方法和技术，具备从事管理信息系统项目和办公自动化系统项目开发和维护的基本能力；三级"数据库技术"证书表明持有人具有计算机应用的基础知识，掌握数据结构、操作系统的基本原理和技术，熟悉数据库技术和数据库应用系统项目开发的方法，具备从事数据库应用系统项目开发和维护的基本能力；三级"网络技术"证书表明持有人具有计算机网络通信的基础知识，熟悉局域网、广域网的原理及安全维护方法，掌握因特网（Internet）应用的基本技能，具备从事机关、企事业单位组网、管理及开展信息网络化的能力。

　　四级证书表明持有人掌握计算机的基础理论知识和专业知识，熟悉软件工程、数据库和计算机网络的基本原理和技术，具备从事计算机信息系统和应用系统开发和维护的能力。

7. 计算机等级考试应如何备考？

　　笔试考试的准备。

　　第一，熟读教材。理解程序设计基本概念，树立程序设计思想，把握程序设计语言的特点和使用技巧。依据《全国计算机等级考试大纲》，先通读第一遍，同时完成书后习题；通读第二遍后，回答历年笔试试题；针对做题时出现的错误，通读第三遍，以达到查缺补漏的目的。第二，抓住重点。凡考试都必有重点、次重点和非重点，根据各章所占考试分值分配自己学习精力。第三，全面复习。抓重点不是只重视重点章节和知识点，而忽视其他内容，要依据考试大纲全面复习。重点要精，次重点要会，非重点要知。千万不要认为出题分值少的章节可以不屑一顾。因为，这些章节出的题一般都是基本概念和简单知识，多是书中原话，所以要全面复习，不留死角。第四，精练真题，适当模拟。精练历年的试题非常重要，身临其境，体味试题难度、出题侧重；找出规律，体会出题风格，识别出题特色；预测趋势，洞察出题方向。一来可以自我测试，二来可以保持临考状态。

　　上机考试的准备。

　　上机考试不同于笔试，重要的是对考生实操能力的考核。第一，多上机练习。第二，熟悉基本操作。基本操作难度低、易得分，要一丝不苟，不可失分。第三，完成简单应用。难度适中，得分率高。如果基本操作和简单应用完全答对，一定及格。第四，尽力做好综合应用题。综合应用题有难度大、知识点多、操作复杂等特点，按题目要求，至少做出基本界面，就可得分。不要在这方面下太大功夫，把精力集中在基本操作和简单应用上。

　　总之，笔试考核基础理论知识，上机考核是笔试的形象化，上机考核是笔试的综合练习，它们之间相辅相成，不要顾此失彼。应该参加高质量培训学习或寻求他人帮助和指点，这样才能在一两个月内更好地学懂、弄通，在考试中取得好成绩。

附录 D　全国计算机等级考试一级 B（Windows 环境）考试大纲

基 本 要 求

1．具有使用微型计算机的基础知识。
2．了解微型计算机系统的基本组成。
3．了解操作系统的基本功能，掌握 Windows 的使用方法。
4．了解文字处理和表格处理的基本知识，掌握 Windows 环境下 Word 和 Excel 的基本操作，熟练掌握一种汉字（键盘）输入方法。
5．了解计算机网络的基本概念，掌握因特网（Internet）中电子邮件及浏览器的使用。
6．具有计算机安全和计算机病毒防治的知识。

考 试 内 容

一、基础知识

1．计算机的概念、类型及其应用领域；计算机系统的配置及主要技术指标。
2．计算机中数据的表示：二进制的概念，整数的二进制表示，西文字符的 ASCII 码表示，汉字及其编码（国标码），数据的存储单位（位、字节、字）。
3．计算机病毒的概念和病毒的防治。
4．计算机硬件系统的组成和功能：CPU、存储器（ROM、RAM）及常用的输入/输出设备的功能和使用方法。
5．计算机软件系统的功能和组成：软件系统和应用软件、程序设计语言（机器语言、汇编语言、高级语言）的概念。

二、操作系统的功能和使用

1．操作系统的基本概念、功能和分类。
2．操作系统的组成，文件（文档）、文件（文档）名、目录（文件夹）、目录（文件夹）树和路径等概念。
3．Windows 的使用。
（1）Windows 的特点、功能、配置和运行环境。
（2）Windows "开始" 按钮、"任务栏"、"菜单"、"图标" 等的使用。
（3）应用程序的运行和退出，"我的电脑" 和 "资源管理器" 的使用。
（4）文件和文件夹的基本操作：打开、创建、移动、删除、复制、更名、查找、打印及设置属性。
（5）复制软盘和软盘的格式化、磁盘属性的查看等操作。
（6）中文输入法的安装、卸除、选用和屏幕显示，中文 DOS 方式的使用。

（7）快捷方式的设置和使用。

三、字表处理软件的功能和使用

1．中文 Word 的基本功能，Word 的启动和退出，Word 的工作窗口。

2．熟练掌握一种常用的汉字输入方法。

3．文档的创建、打开，文档的编辑（文字的选定、插入、删除、查找与替换等基本操作），多窗口和多文档编辑。

4．文档的保存、复制、删除、插入、打印。

5．字体、字号的设置，段落格式和页面格式的设置与打印预览。

6．Word 的图形功能，Word 的图形编辑器及使用。

7．Word 的表格制作，表格中数据的输入与编辑，数据的排序和计算。

四、电子表格软件 Excel 的功能和使用

1．电子表格软件 Excel 的基本概念、功能、启动和退出。

2．工作簿和工作表的创建、输入、编辑、保存等基本操作。

3．工作表中公式与常用函数的使用和输入。

4．工作表数据库的概念，记录的排序、筛选和查找。

5．Excel 图表的建立及相应的操作。

五、计算机网络的基础知识

1．计算机网络的概念和分类。

2．计算机通信的简单概念：MODEM、网卡等。

3．计算机局域网与广域网的特点。

4．因特网（Internet）的概念及其简单应用：电子邮件（E-mail）的收发、浏览器 IE 的使用。

考 试 方 式

1．采用无纸化考试，上机操作。考试时间：90 分钟。

2．软件环境。操作系统：Windows 2000；办公软件：Microsoft Office 2000。

3．在指定时间内，使用微机完成下列各项操作。

（1）选择题（计算机基础知识和计算机网络的基本知识）。（20 分）

（2）汉字录入能力测试（录入 250 个汉字）。（15 分）

（3）Windows 操作系统的使用。（20 分）

（4）Word 操作。（25 分）

（5）Excel 操作。（20 分）

附录 E 全国计算机等级考试一级 MS Office 考试大纲

基 本 要 求

1. 具有使用微型计算机的基础知识（包括计算机病毒的防治常识）。
2. 了解微型计算机系统的组成和各组成部分的功能。
3. 了解操作系统的基本功能和作用，掌握 Windows 的基本操作和应用。
4. 了解文字处理的基本知识，能够掌握 Word 的基本操作和应用，熟练掌握一种汉字输入方法。
5. 了解电子表格的基本功能，掌握 Excel 的基本操作和应用。
6. 了解演示文稿的初步基本操作和应用。
7. 了解计算机网络的基本概念和因特网的初步知识，掌握因特网的简单应用。

考 试 内 容

一、基础知识

1. 计算机的概念、类型及其应用领域；计算机系统的配置及主要技术指标。
2. 数制的概念、类型及应用领域；二进制数整数与十进制整数之间的转换。
3. 计算机的数据与编码。数据的存储单位（位、字节、字）；西汉字符与 ASCII 码；汉字及编码（国标码）的基本概念。
4. 计算机的安全操作和病毒的防治。

二、微型计算机系统的组成

1. 计算机硬件系统的组成和功能：CPU、存储器（ROM、RAM）及常用的输入/输出设备的功能。
2. 微机软件系统组成及功能：系统软件和应用软件，程序设计语言（机器语言、汇编语言、高级语言）的概念。
3. 多媒体计算机系统的初步知识

三、操作系统的功能和使用

1. 操作系统的基本概念、功能、组成和分类（DOS、Windows、UNIX、Linux）。
2. Windows 操作系统的基本概念和常用术语、文件、文件名、目录（文件夹）、目录（文件夹）树和路径等。
3. Windows 操作系统的基本操作和应用：
（1）Windows 概述、特点和功能，配置和运行环境。
（2）Windows "开始"按钮，"任务栏"、"菜单"、"图标"等的使用。

（3）应用程序的运行和退出。

（4）掌握资源管理系统"我的电脑"或"资源管理器"的操作与应用。文件和文件夹的创建、移动、删除、复制、更名及设置属性等操作。

（5）软盘格式化和整盘复制，磁盘属性的查看等操作。

（6）中文输入法的安装、删除和选用。

（7）在 Windows 环境下，使用中文 DOS 方式。

（8）快捷方式的设置和使用。

四、字表处理软件的功能和使用

1．字表处理软件的基本概念。中文 Word 的基本功能、运行环境、启动和退出。

2．文档的创建、打开与基本编辑，文档的查找与替换，多窗口编辑。

3．文档的保存、复制、删除、显示、打印。

4．字符格式、段落格式和页面格式等文档排版的基本操作，页面设置和打印。

5．Word 的图形功能，Word 的图形编辑器及使用。

6．Word 的表格制作功能：表格的创建，表格中数据的填写、编辑，数据的排序和计算。

五、电子表格软件的功能和使用

1．电子表格的基本概念，中文 Excel 的功能、运行环境、启动和退出。

2．工作簿和工作表的基本概念，工作表的创建，数据输入、编辑和排版。

3．工作表的插入、复制、移动、更名、保存和保护等基本操作。

4．单元格的绝对地址和相对地址的概念，工作表中公式的输入与常用函数的使用。

5．数据清单的概念，记录单的使用，记录的排序、筛选、查找和分类汇总。

6．图表的创建和格式设置。

六、电子演示文稿制作软件功能和使用。

1．中文 PowerPoint 的功能、运行环境、启动和退出。

2．演示文稿的创建、打开和保存。

3．演示文稿视图的使用，幻灯片的制作，文字编排，图片和图表插入及模板的选用。

4．幻灯片的插入和删除，演示顺序的改变，幻灯片格式的设置，幻灯片放映效果的设置，多媒体对象的插入，演示文稿的打包和打印。

七、因特网的初步知识和应用

1．计算机网络的概念和分类。

2．因特网的基本概念和接入方式。

3．因特网的简单应用：拨号连接，浏览器的使用，电子邮件（E-mail）收发和搜索引擎的使用。

考 试 方 式

1．考试时间

（1）笔试：90 分钟。

（2）上机操作：60 分钟。

2．在指定时间内，使用微机完成下列各项操作。

（1）汉字录入能力测试（录入 120 个汉字，限时 10 分钟）。

（2）Windows 的使用。

（3）Word 操作。

（4）Excel 操作。

（5）PowerPoint 的操作。

（6）Internet 的拨号连接，浏览器（IE）的简单使用和电子邮件（E-mail）的收发。

附录 F　全国计算机等级考试一级 B 上机考试指导

全国计算机等级考试一级 B（Windows 环境）考试系统在局域网环境下运行，利用服务器来验证用户的权限和提供数据服务，利用监控机进行监控和评分。整个系统具有自动计时、断电保护、自动阅卷和回收等功能。上机考试系统工作站的运行平台是 Microsoft 的中文版 Windows 2000 操作系统。

一、上机考试简介

1.1　考试题型及分值

上机考试试卷满分为 100 分。共有 5 种类型考题：选择题（20 分）、中文版 Windows 基本操作题（20 分）、汉字录入题（15 分）、字表处理题（25 分）和电子表格题（20 分）。选择题都是单选题，从四个选项中选取一个正确答案即可。进行汉字录入时，如果考生录入的汉字与原文不符，则以白底红字显示，录入的汉字与原文相符，则以白底蓝字显示。录入系统具有自动存盘和全屏幕显示功能，可以进行插入、修改和删除等操作，汉字录入没有时间限制。考生在报考时应询问考点录入系统是否有自己需要的输入方法。满分录入字数为 150~250 个汉字，每错 3 个汉字扣 1 分。其他各题型都有具体的要求。这里不再赘述。

1.2　考　试　环　境

1. 硬件环境

服务器：Pentium III 1GB 或相当，内存 512MB 或以上，双硬盘，硬盘剩余空间至少 10GB。

监控机：Pentium III 1GB 或相当，内存 512MB 或以上，USB 接口。

考试工作站：PC 兼容机，Pentium III 1GB 或相当，内存在 128MB 或以上，硬盘剩余空间 500MB 或以上；不能使用无盘工作台系统。

2. 软件环境

操作系统：中文版 Windows 2000（Professional）。

字处理系统：中文版 Microsoft Word for Windows 2000。

电子表格系统：中文版 Microsoft Excel for Windows 2000。

1.3　考　试　时　间

全国计算机等级考试一级 B（Windows 环境）考试时间定为 90 分钟。考试时间由考试系统自动进行计时，提前 5 分钟自动报警以提醒考生及时存盘，考试时间用完，考试系统将自动锁定计算机，考生将不能再继续考试。

1.4　考试登录

使用上机考试系统的操作步骤如下。

（1）开机启动 Windows 2000，运行全国计算机等级考试一级 B（Windows 环境）登录图标，出现如图 F-1 所示考试系统登录界面。

（2）单击"开始登录"按钮，进入考生准考证号登录验证状态，出现图 F-2 所示界面。

图 F-1　考试系统登录界面

图 F-2　准考证号登录界面

（3）考生应输入 16 位数字或字母的准考证号，然后按 Enter 键或单击"考号验证"按钮确认输入。输入错误的考号则出现类似图 F-3 的提示，可以选择重新登录或退出考试系统。

如果输入的准考证号存在，则屏幕显示准考证号及所对应的姓名、身份证号，并询问输入是否正确，如图 F-4 所示。如果发现与考生身份不符，则选择"否"重新输入准考证号，选择"是"将出现图 F-5 所示界面。单击"抽取试题"按钮，则考试系统进入随机试题抽取过程。

（4）考生登录成功后，会出现图 F-6 所示考试须知界面。

（5）单击"开始答题并计时"按钮开始考试，考生的所有答题过程应在"考生文件夹"下完成。

图 F-3　准考证号不存在时的登录提示

图 F-4　核对身份登录提示

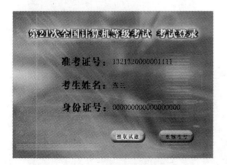

图 F-5　考生信息显示及抽取试题

图 F-6　考试须知界面

　　如果在考试过程中出现死机等意外情况致使考试无法继续进行，监考人员确认后可以进行第二次登录，登录后系统给出如图 F-7 所示的提示界面。考生需由监考人员输入密码后继续进行考试。考生考试过程中不得随意关机，否则，将被取消考试资格。

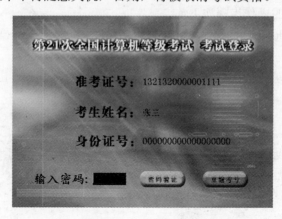

图 F-7　二次登录确认

　　（6）试题抽取成功后，会出现如图 F-8 所示考试界面。

　　（7）在考试界面单击"选择题"、"操作题"、"录入题"、"Word 题"和"Excel 题"按钮，可以查看各个题型的题目要求。选择题如图 F-9 所示，操作题如图 F-10 所示，录入题如图 F-11 所示，Word 操作题如图 F-12 所示，Excel 操作题如图 F-13 所示。

　　（8）启动各个窗口后，选择窗口中"答题"中的相应菜单项"选择题"、"汉字录入"、"字处理"、"电子表格"，系统就会进入相应的考试界面，考生按照要求答题。选择题考试界面如图 F-14 所示，录入题考试界面如图 F-15 所示，Word 题考试界面如图 F-16 所示，Excel 题考试界面如图 F-17 所示。

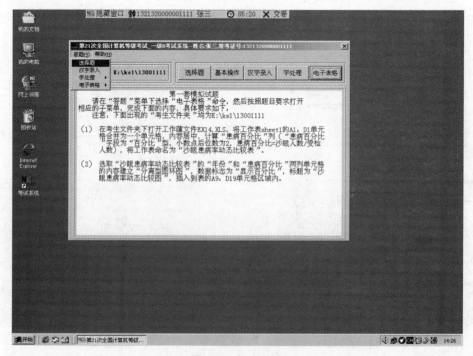

图 F-8　考试界面

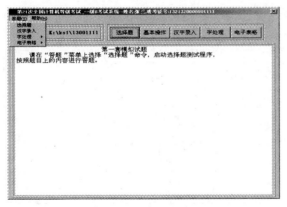

图 F-9　选择题

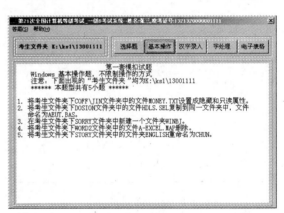

图 F-10　操作题

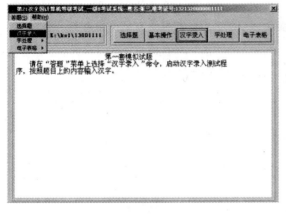

图 F-11　录入题

图 F-12　Word 操作题

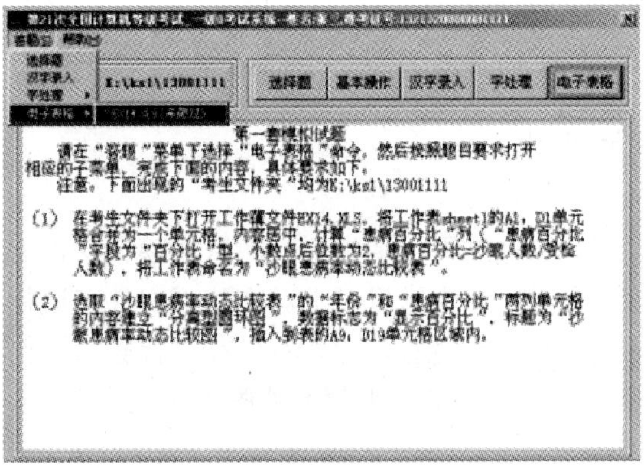

图 F-13　Excel 操作题

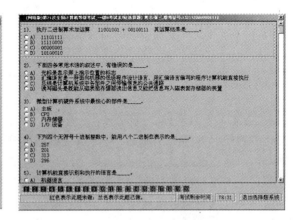

图 F-14　选择题考试界面

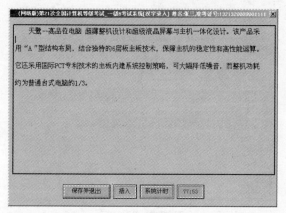

图 F-15　录入题考试界面

图 F-16　Word 题考试界面

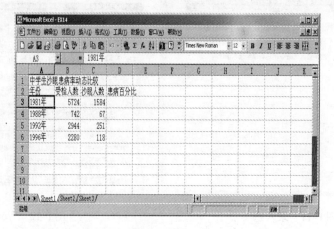

图 F-17　　Excel 题考试界面

二、考生文件夹与文件恢复

2.1　考生文件夹

"考生文件夹"内存放的是考生所有的考试内容或答题过程，考生不得随意删除该文件夹及其中的任何内容，否则可能对考试过程和评分产生影响。如果题目要求对文件或文件夹进行删除，则是物理删除。如果删除错了，则不可能通过撤销操作进行还原。考生在进行删除操作时务必仔细核对操作对象。考生在考试过程中所操作的文件和文件夹都不能脱离考生文件夹，否则将会直接影响考试成绩。

2.2　Word 文件或 Excel 文件的恢复

如果错误删除了要编辑修改的 Word 文件或 Excel 文件，例如，删除了 K:\KS1\13001111 文件夹下的 Excel.xls 文件，则可以从 K:\KS1\13001111\WARN 文件夹下复制该文件到"K:\KS1\13001111"文件夹下。

考试完成后退出考试系统，如图 F-18 所示。

图 F-18　退出考试系统对话框